DREAMBOOKS

# 의원강호

기공흑마 신무협 장편소설

ORIENTAL FANTASYSTORY & ADVENTURE

dream books
드림북스

# 의원강호 6

초판 1쇄 인쇄 / 2015년 9월 21일
초판 1쇄 발행 / 2015년 10월 2일

지은이 / 기공흑마

발행인 / 오영배
책임편집 / 편집부
펴낸 곳 / (주)삼양출판사 · 드림북스

주소 / 서울시 강북구 도봉로 173
대표 전화 / 02-980-2112 팩스 / 02-983-0660
편집부 전화 / 02-980-2116 팩스 / 02-983-8201
블로그 / blog.naver.com/dreambookss

등록번호 / 제9-00046호
등록일자 / 1999년 3월 11일



값 8,000원



ISBN 979-11-313-0448-8 (04810) / 979-11-313-0216-3 (세트)

* 지은이와 협의하에 인지는 생략합니다.
* 잘못된 책은 구입한 곳에서 바꾸어 드립니다.

이 도서의 국립중앙도서관 출판시도서목록(CIP)은 서지정보유통지원시스템홈페이지(http://seoji.nl.go.kr)와 국가자료공동목록시스템(http://www.nl.go.kr/kolisnet)에서 이용하실 수 있습니다. **(CIP제어번호: 2015025757)**

# 의원강호

기공흑마 신무협 장편소설

6

ORIENTAL FANTASYSTORY & ADVENTURE

dream books

드림북스

## 목차

의 원강호

# 第一章
# 공격인가? 방어인가?

상인은 상행을 함으로써 돈을 번다.

상점을 두고 물건을 팔아 돈을 벌기도 하고, 때로는 저 멀리 있는 귀한 물건들을 구해서 판매를 하는 자들이 상인들이다.

허나 상행은 위험하다.

물건을 노리는 산적들이 곳곳에 있는 물론, 심지어 작은 상행을 이끄는 상인의 경우 물건을 노리는 마을 사람에게 당하기까지 할 정도다.

눈 한번 딱 감고, 마을에서 잠을 잘 때 노린다면 상인의 전 재산이 담긴 물건을 얻을 수 있다. 이처럼 매력적인 돈벌이가 또 어디 있겠는가?

그러니 아직 중원에서 상인이라는 것은 위험한 직종일 수밖에 없었다.

중원에서 알아줄 정도로 규모가 큰 자들, 모험을 벌일 정도로 배포가 있는 자들은 위험을 감수하고도 일확천금을 벌어들이곤 한다.

일확천금.

그에 모자라더라도 양민들은 평생 벌지 못할 돈을 쉬이 벌어들이는 매력.

"좀 더 벌어들이자."

"좀 더. 더."

그 매력 덕분에 생각보다 많은 이들이 상행에 나선다. 더 나은 상로를 찾기 위해서. 더 많은 돈을 벌기 위해서 그들은 목숨을 걸고, 때로 돈에 관련된 정보에 영혼을 판다.

그것이 상인. 그들의 본질.

하지만 모두가 그러한 본질을 타고날 수는 없었다. 모두가 목숨을 걸 수는 없는 것은 당연하다.

그러니 다른 자들도 나타나게 된다.

"안전하게 버는 게 낫지. 큰돈은 못 돼도."

"돈이 목숨보다 소중하랴."

일확천금을 노리는 자가 있으면 안정을 추구하는 자도 있기 마련이다. 돈이 목숨보다 소중한 것은 당연한 이야기니까.

굳이 모든 것을 걸고 도박할 필요는 없는 것이다.

이곳보다 저곳이 더 비싸다는 정보. 저곳에 없는 것이 이곳에는 없다는 정보. 이곳에서 칠 푼에 거래되는 것이 저곳에서 두 냥도 넘게 거래된다는 그런 자세한 정보.

대대로 이어지는 그런 정보가 있는 것만으로도 충분했다.

"이문이 좀 떨어지기는 하지만. 안전하지 않은가."

위험을 줄이기 위해, 이문을 적게 남기더라도 상행을 대신해 주는 자들을 찾는다.

돈을 받는 대신에 자신이 처할 위험을 대신할 자들을 찾기 시작한 것이다.

"맡겨만 주시지요."

그리 만들어진 것이 표국.

대단위의 상행을 꾸리지 못하는 한은 가장 안전할 수밖에 없는 방법.

상재는 없더라도 무력을 갖춘 자들과 정보를 가진 자들의 합(合)이 맞아 표국이 성행을 한다.

점점 더 거대해진다.

그게 상인과 표국이 서로 양립할 수 있는 이유다.

톱니바퀴가 맞물리듯 중원의 한 자락이 그리 돌아가고 있는 것이다. 오랜 시간이 흘러 만들어진 균형이다.

그런데 여기에 끼어드는 자들이 있었다.

이통표국.

운현의 아버지가 이끌고 있는 이통표국이 처음 작은 선을 넘었다.

"돌아가는 길에 쓸 만한 물건을 팔도록 하는 것이 어떠한가."

라는 단순한 생각.

그런 생각은 얼마든지 할 수 있다.

실제로 많은 표국들이 표행을 마치고 돌아가는 길에 작게 물건을 사들이고는, 조금씩 팔고는 한다.

그래 봐야 주먹구구식의 수준. 많은 이득을 남길 수는 없는 수준이다. 애교로 봐줄 법한 그런 용돈벌이랄까.

헌데 이통표국은 그것을 좀 더 체계화시켰다.

단순히 표사가 주머니를 채우는 정도의 수준이 아니라, 표국이 직접 물건을 구매해서는 팔아치우기 시작한 것이다.

그게 시작.

하지만 그 정도로 성토를 하는 자들은 적었다.

"뭐 이건 이거대로 남는 장사로구만."

"하핫. 그럼 다음번에도 잘 부탁드리겠습니다."

물건을 의뢰하는 자가 있으면, 물건을 받는 자도 있기 마련이지 않은가.

이통표국이 직접 물건을 파는 경우에는, 물건의 가격이 상대적으로 낮았다. 의뢰비가 들어가 있지 않으니까.

당연한 이야기다.

그러니 생산지에서 물건을 만들어, 표행을 통해서 파는 자들은 불만이 조금씩 생길지언정 구입하는 자는 웃을 수 있었다.

반은 웃고, 반은 조금씩의 불만을 가지니 일이 커질 이유가 없었다.

"대체 표국하고, 상단하고 구분이 안 되지를 않는가?"

"그래도 규모만 클 뿐이지 않은가?"

"흐음…… 나는 마음에 들지가 않는구만."

"어쩌겠는가. 그 정도는 넘어가 주게. 그래도 물건은 사가지 않는가? 허허."

그러나 몇몇은 불만을 가졌었다.

물건을 사가는 것은 좋다.

대량으로 사가니 돈도 벌어들이기는 한다. 하지만 의뢰비를 빼고도 이문이 남던 그때와는 상황이 좀 달랐다.

한번 표행을 보낼 때 물건을 백 냥에 팔면 사십 냥이 남았다.

의뢰비로 다시 백 냥이 들었다고 했을 때, 저쪽에 이백이십 냥의 돈을 받도록 하면 본래 버는 사십 냥보다 이십 냥을 더 번다.

의뢰를 넣는 번거로움을 감수하는 대신에 무려 육십 냥이라는 이문을 남길 수 있게 되는 것이다.

그런데 이통표국이 물건을 사가게 되면?

사십 냥의 이문만 남는다.

의뢰를 넣으면서, 위험을 감수했다는 이유로 알게 모르게 벌어들이던 이십 냥 같은 이문을 남길 수가 없게 되는 것이다.

불만이 생기지 않을 수가 없지 않은가?

하지만 작은 불만일 뿐이었다. 여기까지도 넘길 수 있었다.

그런데, 선을 넘었다.

그들이 대대적으로 구매를 하는 정도가 아니라, 상인들이 가진 정보를 모은다고 한다.

이 지역에서 다른 지역으로 넘어가면 시세가 얼마가 되는지, 언제 물건을 팔면 더 이문이 남을지를 조사한단다.

이게 표국이 할 짓인가?

표국과 상인은 같이 공생하는 관계지 않은가. 이런 일은 선을 넘는 것이 되는 것이다.

거대 상단이야, 이미 거대해졌기에 불만을 가지려야 가질 수가 없다지만, 이통표국은 그도 아니지 않은가.

성세를 올리고는 있다지만, 아직 작은 표국이다.

호북성 제일의 표국은 아닌 것이다.

그렇기에 많은 불만들이 쌓이기 시작했다. 그리고, 그 맹점을 정확히 찌르고 들어간 자가 하나 있었다.

주지의 사제가 되는 자. 안씨라는 성씨를 가지고 있음에도, 정운용이라는 상인으로 행세를 하는 자.

그가 자신이 살기 위해서, 살아남을 공을 세우기 위해서 이통표국의 맥을 잡았다.

상인답지 않게 평소 인자하기로 소문이 난 상인 정운용은 자주 회합을 가지는 상인들을 크게 한번 모아 놓고는 성토하듯 외쳤다.

"어찌 이럴 수 있단 말이오. 표국은 표국이고 상인은 상인 아니오. 그런데 상인을 흉내를 내어서야!"

콰아앙!

주먹으로 탁자를 한 번 내리치며 주목을 시킨다. 단순하지만 사람들의 마음을 끓어오르게 하기에는 충분히 효과적이었다.

평소 냉철함을 덕목으로 삼는 상인들이었지만, 지금 이 순간만은 정운용의 성토에 끓어오르는 대중일 뿐이었다.

"맞소이다!"

"표국은 표국인 거지!"

"이러다가 대륙상단처럼 홀로 다 해먹게 생겼소이다."

대륙상단.

중원에서 제일가는 상단으로, 표국도 없이 홀로 대규모 상행을 이끄는 집단이었다.

그들이 가진 재력은 황제에도 버금간다는 소문이 있을 정도로 어마어마한 수준.

그렇기에 그들이 이끄는 무력 집단은 녹림이라고 하더라도 감히 함부로 건드리지 않는다는 소문이 있을 정도였다.

그들도 처음에는 목숨을 거는 모험을 통해서 상행을 하였으며, 어느샌가부터는 자체적으로 상단을 이끌어 거부가 된 자들이었다.

어느 상인의 말처럼 이통표국의 행보는 대륙상단의 행보와 비슷한 면이 있었다.

"설마 대륙상단처럼 될까?"

"아무리 그래도 대륙상단인데…… 그들 역사만 해도 수백 년이지 않은가."

하지만 대륙상단은 중원 제일의 상단.

당장 이통표국이 그런 상단이 될 것이라는 의견에는 회의적인 시선을 가진 자들도 있었다.

하지만 그런 자들은 정운용이 몰아 붙였다.

"왜 아니 되겠소이까? 그들의 행태대로라면 언젠가 되는 것도 시간문제요!"

크게 흥분하여 외치는 정운용의 광기가 전염된 것일까. 아니면 그가 미리 준비한 어떤 향로가 묘한 힘을 내는 것일까.

다시금 상인들이 과열된다.

여기서 정운용이 심은 자가 나섰다.

"맞소! 아니, 설사 대륙상단처럼 되지 않아도 상관이 없지 않소이까?"

"상관이 없다?"

과열 뒤, 다시금 의문을 던져 준다.

있지도 않은 일을 있는 것처럼, 있게 될 것처럼 만드는 데는 지금만 한 분위기가 또 없었다.

"문제는 이통표국이 하는 것을 다른 표국도 따라하면 어떻게 한단 말이오? 우리 상인들은? 다 죽으라는 거 아니겠소이까?"

"허어……."

자리에 있는 상인 모두가 상상을 한다.

자신들이 물건을 판다. 그러한 물건들을 표국이 사간다. 표국에서는 다른 지역으로 팔아 이문을 남기겠지.

그렇다면 자신들은?

단지 물건들을 파는 것만으로 이문을 남길 뿐이다. 의뢰를 하는 수고를 함으로써 벌어들이던 돈이 사라지게 된다.

육십 냥의 이득이 사십 냥으로 줄어들게 되는 것이다!

하지만 이성적으로 생각해 보라.

사십 냥으로 줄어들더라도 이득은 이득이다. 당장에 육십 냥보다는 줄어들게 되지만 위험을 전혀 감수할 필요가 없게 된다.

표행에 의뢰를 맡기기 위해서 큰돈을 항시 준비하고 있을 필요도 없게 된다.

표국이 알아서 표행을 하면서 물건을 사주기만 한다면, 많은 물건을 팔 수 있을 것이고 그리 함으로써 박리다매를 이룰 수 있게 될 것이다.

단순히 의뢰로 얻는 금액은 적어질지 몰라도 아무런 위험 없이 돈을 번다는 것은 그들이 원하던 바가 아닌가.

그렇기에 표행에 자신들이 할 상행위를 의뢰로 대신 맡겼던 것이고!

이성적으로 생각한다면, 이통표국이 하는 행위는 그들에게 손해만 되는 행위는 아니었던 것이다!

하지만 그럼에도 지금 이 순간에는 그리 이성적인 자들이 없었다.

평소라면 가질 만한 의문, 이성도 어디론가 다 사라져 버린 지 오래다. 지금 이 자리에는 과열된 광기만이 남아 있게 된 지 오래다.

당장에 줄어드는 이문 이십 냥!

의뢰를 맡기기 위해 물건을 쌓던 수고는 잊은 채로, 당장에 잃을 이문만을 머릿속에 가득 담는다.

'그리 돼서는 안 된다!'

'망한다! 내가 어떻게 해서 여기까지 왔는데!'

마치 하늘이라도 무너질 것처럼. 당장에 상단이 무너지지 않을까 하는 것처럼, 공포에 사로잡힌다.

"으으…… 어떻게 해야 한단 말이오?"

광기가 이어져 누군가는 겁에 사로잡힌다. 당장이라도 망할 것 같은 환상이 눈앞에 보임에 이성을 잃었다.

또 누군가는 방법을 제시한다.

"이대로는 안 되니 막을 수밖에!"

정운용이다.

그 또한 살아남기 위한 광기에 휩싸여 있었으나, 동시에 자신이 사람들을 조종한다는 희열에 휩싸여 있었다.

무서운 자다.

그는 광기에 전염된 상인들을 보며 눈을 빛내 보이고서는 그들을 본격적으로 호도하기 시작했다.

"막는다니? 어떻게 막는단 말이오?"

"맞소이다. 물건도 제값에 사고. 이미 호기신의가 이통표국의 자식인 건 유명하지 않소이까."

"민심이 그들에게 있는 건 여기 있는 자들도 다 알 거요."

그동안 불만이 있어도, 이통표국에 말하지 못했던 이유들이 쏟아져 나온다.

토사곽란으로 호북성에 난리가 나던 그 시절.

상인들은 아무런 도움이 되지 못했다. 물건을 사고파는 상행을 하는 그들이 어찌 도움이 되겠는가. 무리다.

허나 이통표국은 달랐다.

"공이 너무 컸소이다. 성주가 할 일을 하지 않았소이까?"

"누군가는 평생의 은공으로 모신다는 자들도 있을 정도이다."

호기신의 운현이 있음으로 인해서 그들은 토사곽란을 막아내었다. 생각지도 못한 새로운 방법을 통해서였다.

하늘이 벌을 주는 것이라고 여기는 전염병을 고침으로써 그들은 호북의 제일가는 민심을 얻었다.

구휼을 하기 위해서 나선 황녀도 황녀지만, 가장 큰 공을 세운 자는 누가 뭐라 하여도 호기신의 이운현이다.

"구휼에도 호기신의라는 자가 나섰었다는 소문도 있더군."

"덕분에 구휼이 더 빨리 이뤄졌다는 말도 있을 정도야."

여기에 있는 상인들 중에서는 운현 덕분에 목숨을 구한 자가 친척, 친우, 가족인 자도 있을 정도였다.

"……내 가족도 치료를 해 주기는 하였지. 호기신의가 아니었더라면 아버지가 돌아가셨을지도 모르네. 후우……."

전염병은 공평한 것이기에 그들에게도 스쳐 지나갔던 것이다.

그래서 말하지 못했다.

이통표국의 행위를 성토하기는 해도 마음 한구석에 찜찜함이 남았다.

은혜를 받았으며, 인심이 그곳에 있고, 매일같이 무언가 새로운 일을 해내는 신의가 이통표국의 자제이기에 참아 넘겼다.

잘못 건드렸다가는 그들이 상상할 수 있는 것 이상으로 일이 커질 수 있음에!

하지만 여기에 정운용이 쐐기를 박았다.

"모든 건 내가 책임지겠소이다. 그러니 나를 믿고 따라 오는 것이 어떻겠소이까?"

"어떻게 한단 말이오?"

"손해는 이 내가 모두 감수하겠소이다. 안 되면, 목숨값으로라도 갚겠소이다. 그러니!"

말을 끊고 그가 자리에 있는 모든 상인들을 바라본다.

자신의 광기를 전염시키려는 듯, 자신의 뜻을 전파하려는 듯 그들의 가슴에 불을 지피려 한다.

그도 아니면 오직 이문이라는 것에 영혼을 바친 상인들에게, 손해를 보지 않도록 거래를 제시하거나!

“이 나를 믿고 따라 오도록 하시오! 신의로 여기까지 온 나요! 우리 상인들이 망하는 것은 더 두고 볼 수 없단 말이오!”

우리 상인이란다.

어제까지만 해도 서로 경쟁하고, 필요에 따라 이합집산을 하던 그들이 우리란다.

말이 안 되는 소리다. 하지만 제대로 먹혀들었다.

정보를 얻기 위해서, 호북성의 동태를 살피기 위해서 쌓아왔던 정운용의 인심이 바로 지금! 발동되었다.

“모든 손해를 정 상단주가 정녕, 감수할 수 있겠소이까?”

“아무리 그래도 손해가 어마어마할 거요. 표국 하나라고는 하지만…… 의뢰도 생각하고 그들이 구입하는 물건도 생각하면…….”

표행 한 번에 어마어마한 돈이 오고 간다. 의뢰비를 제하고도 오가는 물건 자체도 많을 수밖에 없었다.

이통표국은 적어도 등산현과 넓게는 호북성 내에서 믿을 만한 표국이다.

그러니 그들에게 의뢰를 맡기지 못하면, 그들보다 신용도가 떨어지는 표국에 의뢰를 맡길 수밖에 없게 된다.

그래도 되겠는가? 거기서 나오는 손해를 과연 정운용이 감당을 할 수 있겠는가?

'될까?'

'어려울 텐데…….'

정운용의 쐐기로 이성을 잃었던 가운데에서도, 상인으로서의 본능으로 계산질을 한다. 그들 나름의 계산을.

하지만 아무리 계산하여도 정운용이 해낼 수 있을지는 장담을 할 수가 없다.

그런데.

"이걸 보시오! 그리고 눈앞에 상자들도 모두 열어 보도록 하시오!"

정운용이 미리 준비하였던, 자신의 앞에 있던 큰 상자를 열어 보이기 시작한다. 그 안에는.

"허어……."

"이 무슨…… 대체……."

많은 돈이 들어가 있었다. 상자 하나를 가득 채울 정도로 많은 금자와 은자가 상자 안에 들어 있었다.

그리고 뒤늦게서야 자신들의 앞에 있는 조금은 더 작은 상자를 열었을 때에도 금자와 은자가 가득 차 있었다.

그들이 자리하고 있는 안을 가득 비추는 호롱불의 빛에 비쳐서인지 금자와 은자가 내 보이는 빛은 더더욱 아름다워 보일 정도다.

그들이 목숨을 걸고 벌고자 하는 것.

그들이 가지고 또 가져도 가지고자 하는 돈! 돈이 바로 눈 앞에 있었다.

상인들의 눈이 다시 불타오른다.

'그래. 이 정도 돈이라면…….'

'많군. 책임 질 수 있을지도?'

불가능하다고 생각했던 마음이, 이제는 가능할지도 모른다는 쪽으로 돌아선다. 바로 앞에 보이는 돈에 그들의 이성이 흔들리는 것이다.

이 정도 돈으로는 부족할지도 모른다는 생각. 조금만 더 이성적으로 생각을 한다면 떠올릴 있는 것이었다.

비록 상자를 준비하기는 하였지만 금자와 은자를 실제로 세어 보면 그리 많지 않을 수도 있다는 생각은 하지도 못하고 있었다.

혹시나 상자의 가장 아래가 나무토막들로 채워져 있을 거라는 생각은 그 누구도 하지 못한 채였다.

'역시…….'

미리 준비한 극(劇)이다.

자신이 그린 상황대로 극이 이어져서일까. 기대했던 대로의 결과가 나와서일까. 정운용의 눈에 큰 희열이 가득 차오른다.

동시에 때를 노렸다.

자신의 앞에 있는 상자의 금원보, 미리 준비했던 몇 개의 금원보를 집어 든다.

"이걸 보시오! 이것이면 된단 말이오! 내가 책임을 지겠소! 더 이상 이통표국이 우리 상단의 영역을 침범하는 꼴은 보지 않겠다 이 말이오!"

"오오! 옳소!"

정운용이 심어 두었던 상인들이 나선다. 그의 심복이나 다름없는 자들이 지금을 기다렸다는 듯 분위기를 끌어 올린다.

얼마나 어떻게 보상을 해 주겠다는 이야기도 없다.

손해가 어떻게 나는지에 대한 계산도 없다.

상인으로서 이득이 나는 거래를 표국과 하지 않겠다고 함에도 이성이 없다.

오직 손해만이 있을 뿐이다.

이통표국으로 쏠려 있는 분노에 반항을 해야 한다는 생각은 전혀 하지 못하고 있었다.

오직 반짝반짝 빛나는 금원보에 눈길이 가 있을 뿐이다.

이들은 더 이상 상인이 아니었다. 이성 아래에서 이문을 계산하고 거래를 제시하는 상인이 아니었다.

단지 탐욕에 물들어 있는 아귀일 따름. 돈에 미쳐 버린 금귀(金鬼)들일 따름이다.

"나는 따르겠소이다!"

"이 나도 책임지고 가장 먼저 거래를 끊겠소이다! 버티면 되지 않겠소이까?"

"맞소! 우리가 모두 모여서 너 죽고 나 살자를 하면 되지 않겠소? 우리 상인들의 힘을 보여 줍시다!"

자신들이 여러 번 망설였다는 것은 잊어버렸다는 듯 너도 나도 나서기 시작한다.

탐욕에 물든 그들은 눈앞에 있는 금자, 은자가 이미 자신의 것이 되었다고 생각하는 듯했다.

"그럼 모두가 돌아가서 당장 시작하지요!"

"알겠소이다. 내 어서 움직이도록 하겠소. 같이 움직이는 상인들에도 이야기를 하도록 하겠소이다."

좀 더 본격적으로. 좀 더 광범위하게.

눈앞의 돈이 자신들의 것으로 만들겠다는 듯, 탐욕에 젖어 그들 모두가 참여했다.

광기에 젖은 자들이 잔뜩 흥분을 하고 있을 때. 오직 웃고 있는 자는 정운용뿐이었다.

# 第二章
# 광기의 시작

일은 바로 시작됐다.

"이번에도 잘해 보자고. 준비는 됐는가?"

"물론입니다!"

표국이 의뢰로 먹고 사는 것은 당연한 이야기. 의뢰가 없었더라면 아무리 이통표국이라고 하더라도 망할 수밖에 없다.

여러 가지 의뢰가 들어와 있는 법이고, 당장에 해결해야 할 의뢰만 하더라도 여럿이다.

인원을 확충하여 이제는 열이 넘는 표두들이 끊임없이 의뢰를 나가고 있으니 꽤 높은 성세이지 않은가.

확충을 한 지 얼마 되지도 않았는데도, 또 확장을 해야 한다고 말하는 것을 보면 이 이상 좋을 것도 없는 상황이다.

게다가 국주인 이후원은 성세를 끌어 모으면서도 자신의 사람을 챙기는 것을 잊지 않았다.

사람을 챙기면 나중에 돌아온다는 것을 아는 그는 사람을 다룰 줄 아는 자였다.

"왕 표사도 이번에 녹봉이 또 올랐다지?"

왕 표사는 처음 확장을 할 당시에 들어왔던 자다.

"하핫. 이미 소식이 들어갔습니까?"

"모를 리가 있는가. 이번에 대대적으로 올려주셨잖은가. 하핫."

"저만 올라간 줄 알았더니 표두님도 올라가셨군요? 그렇다면야 한턱 쏠 필요는 없겠습니다."

공짜라면 양잿물도 마시는 게 사람이다. 그중에서도 승진턱이라고 하는 것은 가장 부담 없는 공짜 아닌가?

농을 걸다가 얻어먹을 것도 얻어먹지 못한 표두였다. 하지만 표정은 밝았다.

"이거. 이거 한 방 먹었구먼."

"농담입니다. 농담. 언제 한번 크게 한턱 내지요."

"다음은 난가? 하핫. 그럼 일단은 출발하자고! 출발!"

녹봉이 올랐다. 앞으로도 충분히 더 오를 가능성이 있어 보이는 상황이다.

사람이 이상치 않고서야 분위기가 안 좋을 리가 없었다.

이대로만 간다면, 이통표국이 호북 제일 표국이 되는 것도 꿈만은 아니지 않을까?

라는 생각을 하며 표국에 있는 표사, 표두들 모두가 열과 성을 다해서 움직이고 있었다. 표국으로서는 가장 이상적이라 할 수 있는 상태.

등산현에서 악주(鄂州)까지. 멀기만 한 여정이지만 모두의 표정은 밝았다. 그렇게 그들의 앞날은 밝기만 할 것 같았다.

등산현을 제하고는 운현에게 가장 인연이 깊은 곳이라 할 수 있는 함녕현을 지나, 황석(黃石)에 이백(李白)의 시에 나오는 황학루(黃鶴樓)가 유명한 악주까지.

여러 현을 지나기에 들르는 곳도 많았고, 오가는 자들을 보고 가는 것도 또 하나의 묘미였다.

"후우. 다 도착했구먼."

"꽤나 고됐습니다요."

"일이니 어쩔 수 있겠는가. 하핫. 그래도 이번 일만 잘 처리하면 또 오행환 중에 하나라도 나올지 누가 아는가?"

"이왕이면 승정환이면 좋겠습니다."

"하핫. 원 사람도."

그들의 앞에는 이번 의뢰로 쟁자수 열과 마차로만 두 대를 가득 채워 올 표물을 넘겨줘야 할 상단이 있었다.

정웅 상단.

악주현에서는 뿌리가 깊은 상단으로 강에서 나는 것들과 강을 통해 오고 가는 물류 덕으로 큰 세를 이루고 있는 상단이었다.

상단과 표국을 비교하기는 힘들겠지만 아직까지는 정웅 상단의 세가 이통표국보다는 미묘하게 크다 할 수 있었다.

이곳 악주를 중심으로 강의 물류를 이용하고, 꾸준히 성장을 해 온 곳이 바로 정웅 상단이었으니까.

험한 인상에 거대한 덩치로 우습게도 사파의 무인처럼 마웅(魔熊)이라고까지 불리는 마 표두였다.

"오랜만에 뵙습니다. 한 몇 달 됐습지요?"

하지만 지금 이 순간만큼은 서글서글한 표정이었다.

헌데 그런 마 표두를 대하는 정웅 상단의 총관은 평상시와 같은 밝은 표정이 아니었다.

아주 딱딱한 음성이다.

"오랜만입니다."

원수라 할지라도 거래를 할 대상에게는 미소를 보여야만 하는 상인이자, 상단의 총관으로서 보일 만한 태도가 아니었다.

오십 줄에 이르렀음에도 현역 총관으로 십 년은 더 뛸 수 있다며 능청을 보이던 총관이지 않던가.

때로 덩치 있는 자신보다도 더 오래 살 거라며 우스운 허세도 보여주던 총관이다. 그런데.

'대체…….

이통표국에 오기 이전 낭인 밥을 잠시 먹었던 마 표두로서는 총관이 보이는 모습에 갈피를 잡을 수가 없었다.

다만 그동안의 경험으로 말미암아, 이런 모습은 무언가 있을 때 나온다는 것 정도는 알아챌 눈치가 있었다.

마 표두가 약간은 어색한 표정으로 웃으며 말을 건넸다. 서글서글한 전보다는 긴장한 빛이 역력했다.

"물건은 하나도 하자가 없을 겁니다. 정웅 상단의 물건인데 아주 조심을 했습지요……. 하핫."

"그런 것 같군요. 확인했습니다. 수고하셨습니다."

"의뢰 끝이로군요."

"예. 그럼……."

"잠시!"

"무슨 일이신지요?"

쌀쌀맞다. 묘한 긴장감이 있었다.

의뢰도 잘 수행하지 않았는가? 아무리 보아도 이럴 분위기가 아님에도 불구하고 상황은 일방적으로 어색하게 돌아갔다.

"이번에는 그 뭐냐…… 자철(磁鐵)을 조금 구매하고 싶습니다만은? 듣기로 강을 통해서 들어왔다고…… 들었습니다.”

“들어는 왔지요. 그런 소식은 어디서 들으셨는지…….”

“하핫. 뭐 움직이다 보면 다 들리지 않겠습니까?”

자철.

장인인 한춘석이 필요로 하여 구하기로 한 물건이었다. 소량에도 가격이 좀 나가지만 쓸 곳이 있어 구하는 것은 분명했다.

총관의 쌀쌀맞은 태도를 이상하다고 여기면서도, 마 표두는 자기 할 말만을 하기로 했다.

“그리고 평상시에 구매하던…… 것들도…….”

“자철은 상단주님께 이야기를 올려보기는 하겠습니다. 하지만 평상시에 구매하던 것들은 힘들 듯합니다.”

“예?”

이게 무슨 소리란 말인가.

의뢰도 잘 수행했다. 분위기가 이상하기는 했지만, 그것이야 넘어가 주었다. 어쨌거나 의뢰를 맡겼던 자들이니까.

하지만 의뢰가 끝나고 나면 마 표두는 손님이 된다. 물건을 구매하는 것이니 손님이 아니고서 뭐겠는가?

그런데 손님이 물건을 구매하겠다고 하는데 힘들다니?

돈을 안 준 적이 있던가? 아니다.

그렇다고 장난질을 친 적이 있던가? 아니다.

오히려 어지간한 자들보다 많은 물건을 구입했으며, 돈도 시세대로 쳐 주었다. 그런데 거래가 힘들다니?

마 표두는 다시 물을 수밖에 없었다.

"무슨 말이지요?"

"거래가 힘들다는 말입니다. 단주님께서 이통표국에 물건을 파는 것은 잠시 보류를 하라 하셨습니다."

역시 뭔가 있다. 자신이 생각지 못한 뭔가가 있을 것이다.

'어쩐다…….'

자신이 자리를 잡기로 마음먹은 이통표국이지 않은가. 낭인 밥을 먹으며 임시로 표행에 끼기도 해봤지만 이만 한 표국은 보지 못했다. 그렇기에 얕으나마 충성심이 생기는 것은 당연한 이야기일 터.

자신의 재량으로 최대한 일을 해결해 보고자 하는—혹은 그도 안 되면 진상이라도 파악하고자 하는 마 표두였다.

"무슨 오해가 있으신 것 같은데…… 우리 이통표국과 거래를 하지 않는 것이 맞는 것입니까?"

"예. 분명히 이통표국입니다."

"착각이 아닌지요? 물건을 사겠다는 곳을 내치는 곳이 어디 있답니까?"

"단 한 곳밖에 없으니 착각을 할 리가 없습니다."

직설적이며, 단호했다.

바늘 하나 들어갈 틈이 없을 만큼 처음 보는 냉철한 모습을 보이고 있는 총관이다.

"허어……."

한숨을 내보이며 마 표두가 한참을 두고 설득을 했지만, 그뿐이었다.

그의 설득은 공허한 메아리가 되었고, 총관은 귀를 닫은 상태였다. 쇠귀에 경 읽기라는 이야기가 딱 어울리는 상황이었다.

결국에 항복을 할 수밖에 없는 처지는 마 표두 쪽이었다.

"……알겠습니다. 그럼 자철이라도 부탁드리지요. 신의님이 필요로 하시는 것이니……."

"이야기를 드려 보겠습니다."

"예. 평소 묶던 객잔에 있을 터이니…… 그리로 부탁드리겠습니다."

"그럼 먼저 가보도록 하겠습니다."

"휴우…… 예."

이후원이 맡긴 일을 하지 못했다.

표행 후에 물건을 구매해서 판매하는 것은 꽤나 쏠쏠한 수익이 되는 터.

쉬운 임무였다. 해결만 잘하면 이통표국에만 있는 성과급이라는 명목으로 승정환이나 오행환을 바랐던 마 표두다.

그런데 이게 뭔가?

일이 우습게 되었다. 돈을 주고 물건을 사겠다는데, 물건을 팔지 않는다니? 말도 안 되는 상황이다.

'하…… 우스운…… 아니, 우습지도 않은 상황이로군. 어이가 없어.'

처음이야 상황이 돌아가는 꼴에 말려들어 당황을 했었다지만, 총관이 사라지고 나니 뒤늦게서야 화가 치밀어 오르는 마표두였다.

그리고 잠시 뒤 그는 잊었던 뭔가를 깨달았다.

'의뢰가 없어?'

정웅 상단은 악주현에서 등산현으로 돌아가는 길에도 자주 의뢰를 맡기고는 했다. 이통표국 쪽이 돌아가는 길에는 싸게 가격을 매겨 주고는 하니 자주 애용을 했던 것이다.

그런데 이번에는 그에 대한 이야기가 일언반구(一言半句)조차 없었다. 물건을 팔지 않았듯 의뢰도 일부러 주지 않은 것이 분명했다.

허나 어쩌겠는가.

의뢰를 맡기는 자는 상단이고, 자신들은 의뢰를 받아야만 하는 표사다. 당장에 의뢰가 없다고 따질 수도 없잖은가.

돌아가야 했다.

"일단은…… 돌아가 보도록 함세. 객잔으로 가서 여장이라도 풀어야 하지 않겠는가?"

"……예."

돌아가는 상황을 가만 지켜보고 있던 표사들은 의뢰를 마쳤다는 보람을 느낄 새도 없이, 좀 더 지친 얼굴로 객잔을 향해 들어섰다.

*　*　*

의뢰라는 건 표사에게 있어 업이고 악전고투(惡戰苦鬪)일 수도 있는 법. 산적을 만나지 않는다 하더라도 자연스레 여독이 쌓일 수밖에 없었다.

그런 여독을 가장 쉽게 풀어주는 것은 역시.

"캬아…… 시원하군."

"역시 강이 있어서 그런가. 맛이 좋구려. 물이 달라. 물이."

술이다.

모든 시름을 잊게 하는 마술인 술만큼이나 표사들에게 가까운 것은 또 없었다.

다만 술이 들어가게 되면 때로, 세상사에 대한 불만도 쏟아져 나오는 법이 아니었던가?

"이번에 아주 괘씸합니다그려. 대체 무슨 이유에선지 몰라도 그렇게까지 할 필요는 없지 않지 않습니까?"

"휴우…… 그렇지만 방법이 없지 않은가? 나도 속이 편하지는 않네. 쌩돈이 나갔어!"

"자철을 가져다 줄 때만 해도 그렇습니다. 신의님께서 필요로 하시는 거라 구매는 하셨습니다만은…… 그게 얼맙니까?"

"……아네. 흐……."

자철은 자주 쓰이는 광석이 아니었다. 그러다 보니 상단이 구비하는 경우도 별로 없는 터에 가격이 자연스레 비쌀 수밖에 없었다. 그렇다손 치더라도 조금 전에 정웅 상단이 자철을 판매한 금액은 너무 높았다.

"어이가 없지 않습니까? 대체 우리가 무슨 짓을 했다고. 말이야 바른 말이지 우리가 물건도 많이 팔아 주지 않았습니까? 그런데도 이따위라니!"

"……저들이 하는 일에 대한 뜻이야 국주님이 아시지 않겠는가? 우리야 상황이 이러니 구르라면 굴러야 하는 처지지."

이유는 몰라도, 한 사람의 표두가 나서서 해결할 사안이 아닌 건 확실했다.

꽤 뿌리가 깊은 상단이 이렇게까지 하는 것은 무언가 윗선에서의 이야기가 있는 것일 터. 자신이 나설 상황은 아니었다.

하지만 마 표두는 술에 취했는지 크게 소리를 내지르며 불만을 이야기하는 표사의 이야기에는 솔깃할 수밖에 없었다.

"저는 그런 거 모르겠습니다요. 본래부터 아랫것이라 그런지 몰라도, 그런 건 잘 모르겠단 말입니다."

"운 표사 너무 취한 것 같으이."

경험이 많은 마 표두가 주변을 휘휘 둘러보며 조심스레 그를 말려 본다. 하지만.

"취하기는요. 얼마나 먹었다고 취합니까? 이 몸이요! 제가 무공은 약해도 술은 강합니다요! 아시잖습니까?"

"그래. 알고 있네."

"후. 그러니까 표두님도 너무 조심만 하지 말고 이러는 건 또 어떻겠습니까?"

드디어 솔깃한 이야기가 나왔다.

은근한 운 표사의 표정에 마 표두도 반은 진지하게 대꾸를 해 준다.

"무슨 이야기를 하려는 것인가?"

"어디 상단이 정웅 상단밖에 없습니까? 다른 상단에 가면 되지 않습니까요?"

"큰일 날 소리!"

상단이라고 해서 아무 상단이나 이용을 하는 건 안 되었다. 개인이라면 모를까 표국 같은 집단 정도 되면 그리해서는 단골을 얻기 힘들었다.

이왕이면 자신들에게 의뢰를 넣는 곳, 그도 아니면 인연이라도 닿은 곳을 이용해야 하는 것이 상리다.

그래야만 상단에서 의뢰가 있을 때, 같은 곳에 의뢰를 넣어 줄 것이 분명하기 때문이다. 그게 세상 돌아가는 이치다.

그러니 운 표사가 이야기 하는 것은 조금은 위험할 수밖에 없는 이야기다.

그럼에도.

"왜 안 되겠습니까? 정 안 되면 표사로서가 아니라, 그냥 우리끼리 조금씩 구매하면 안 되겠습니까요?"

"나눠서 구매하자 이건가?"

"예. 뭐…… 표국의 이름으로 나서서 구매하는 건 안 되겠지만. 표사가 물건 구하는 거야 되지 않겠습니까요?"

"흐음……."

운 표사의 말에도 일리는 있었다.

표국의 이름으로가 아니라 개인으로서 구매를 하면 문제가 될 것은 없어 보였다.

결국에는 표국에서 원하는 바를 구하는 것이니 눈 가리고 아웅 하는 것이나 다름이 없었지만, 임시방편으로는 좋은 수다.

'한번 당해 봐라.'

정웅 상단이 괘씸한 것도 있었기에 마 표두는 결국 찬성을 할 수밖에 없었다.

"뭐. 그것도 좋겠구먼……. 내일 한번 해 보세."

"역시! 마 표두님입니다! 하핫. 마 표두님은 이야기가 통해서 좋다 이 말입니다."

"허어…… 이거 참. 다른 표두들이 들으면 섭섭해할 만한 이야기로구만. 어쨌거나 내일은 한번 바삐 움직여 보세."

내일. 발품을 좀 팔기는 해야 하겠지만 국주님이 맡긴 일은 처리할 수 있으리라. 시간이 좀 지연될 수도 있겠지만 어찌하랴. 그래도 물건을 구해서 가면 될 일이었다.

'잘 되겠지…….'

이상하리만치 냉정하기만 한 정웅 상단에 한 방을 먹일 수 있다는 생각에 마 표두는 표사들과 코가 삐뚤어지게 마셨다.

내일의 작은 복수를 위해서, 당하고만 살지는 않기 위해서라는 명목으로.

* * *

하늘은 맑기만 했다.

그 흔한 산적이라는 것은 보이지도 않았고, 돌아오는 표사들의 피로를 배려하는 듯 가도는 망가진 곳 하나 보이지 않을 정도였다.

잘 정비된 가도로 돌아가는 길. 보통 의뢰를 끝낸 표사라고 한다면 기쁠 수밖에 없는 상황이다.

하지만.

"하아……."

나오는 것이라고는 한숨뿐이었다.

마 표두 이하 열다섯의 표사, 그에 더해서 열 명의 쟁자수와 마부 둘. 총 스물여덟.

서른에 가까운 인원이 움직이고 있는 상황이다. 게다가.

"조용하군요. 하기야…… 뭐 든 것도 없는데 누가 쳐들어오겠습니까?"

"……그것도 그렇구만."

운 표사의 말대로 마차들 중 하나는 텅 비어 있는 형편. 다른 하나라고 하더라도 반도 차있지 않은 상황이었다.

직접 등에 짐을 이고 가야 하는 쟁자수들의 등에는 여정에 필요한 가벼운 봇짐만이 있을 뿐이었다.

왠지 모르게 축 처진 분위기까지.

며칠을 굶주린 산적이라고 하더라도 건드릴 욕심도 나지 않는 행색이다.

"이거 사람 꼴이 우습구먼……."

"그러게나 말입니다. 짜기라도 한 건지…… 그런 식으로 나와서야. 허…… 그나마 함녕현의 상단들이야 거래를 해 주기는 했다지만……."

"역시 가까운 현이니 돈도 안 되겠지."

객잔에서의 이튿날 바로 악주현의 상단들을 뒤지던 표사들은 한껏 부풀어 올랐던 기분을 가라앉힐 수밖에 없었다.

"안 되겠소이다."

"아무래도 어려울 듯합니다."

물건을 사려고 해도, 그들은 거절을 했다. 아주 하나같이 거절을 하는데 이게 무슨 일인가 싶을 정도였다.

그나마 돌아가는데 필요한 필수 물품들 정도야 구비할 수 있었지만, 딱 그뿐이었다.

악주현에 있는 상가, 상단들은 당장 물건을 팔아 이문을 남길 수 없다는 것에 아까운 기색이 역력하면서도 팔지를 않았다.

"어쩔 수 없군. 내려가 보세."

악주의 아래, 황석(黃石)현에서도 상황은 마찬가지였다. 돈을 준다고 해도 물건을 팔지 않으니. 어디 수가 있겠는가.

이득을 어느 정도는 포기하고 사려 했던 것들도 사지 못했다. 역시 이곳에서도 구비해야 할 것들을 구비하지 못했음에, 터덜터덜거리며 남으로 내려오기를 한참.

등산현의 바로 위 함녕현에서 필요한 것들을 몇 구하기는 했지만 그래 보아야 마차 반 정도의 분량이었다.

그나마도 등산현과 함녕현의 거리가 가까워 이문도 얼마

남지 않을 것이 분명하였다.

“어찌한다…….”

“이거 어째 이렇게 된 건지 어이가 없습니다요.”

“나도 그러네.”

의뢰는 잘 마무리하고, 그나마 함녕현에서는 상단들이 배척을 하지 않는다는 것이 그나마 다행인 것일까.

‘모르겠군.’

표국에 있어서 가장 큰 고객이라고 할 수 있는 상단들이 표국을 배척해서야 표국이 살아남을 수 있을 리가 없었다.

‘이래서야…… 망하기라도 하는 것 아닌가? 아니겠지?’

겨우 정들었던 이통표국이다. 이통표국에서 주는 여러 혜택 덕분에 없던 충성심도 생겨나고 있던 마 표두다.

다른 표사, 표두들도 그런 상황일 것이다.

어떻게 찾은 보금자리이거늘. 다시 찾을래도 찾기 힘들 곳이 이통표국 같은 곳이라는 것을 잘 아는 마 표두였다.

“흐유.”

고개를 절레절레 저어 보는 마 표두였다. 이통표국이 잘되었으면 잘되었지 망해서야 안 되었다.

왠지 모르게 발걸음이 떨어지지 않음에도, 길은 여전한 것인지 어느새 등산현이 눈앞에 보이고 있었다.

이대로 조금만 더 걸어가면 이통표국에 도착하는 것도 금방일 것이다.

"도착이군요."

"보고는 또 어찌한다…… 큰일이군."

"힘내시지요, 표두님."

할 수 있는 만큼은 했지만, 마음이 편치는 않은 마 표두였다.

표행을 이끌었던 표두로서 이후원에게 보고를 하는 것이 무겁게 느껴질 수밖에 없는 상황인 것이다.

하지만 그가 도착했을 때. 화를 낼 수도 있을 법했던 이후원은 단 한 점의 화도 내지 않았다. 다만.

"허허…… 수고했네. 수고했어. 그나마도 잘해 주었네."

라며 힘이 잔뜩 빠진 마 표두를 위로 해 주었을 따름이다.

무언가 낌새가 이상하여, 이후원을 마 표두가 불러 보지만.

"……국주님."

"들어가 보게나. 내 일을 좀 해야겠으니."

"예……."

무겁기만 한 이후원의 분위기에 물러날 수밖에 없는 마 표두였다.

# 第三章
# 상황이 이상하다

"어찌한다……."

세상사 굴곡이 있다는 것은 자신도 알고 있었다.

이미 중년이지 않은가.

표국의 하나뿐인 아들로 태어나, 무당파를 거치고는 다시 국주 자리를 이어 받았다.

일견 굴곡이 없어 보이는 삶이나 무당파에서의 삶이나 표국을 운영을 하면서의 삶은 분명 다사다난했다.

그렇기에 모를 리가 없다.

지금의 상황은 공격이다. 상인들의 자리를 차지하려는 이 통표국을 상인들이 공격한 것이다.

동시에 그들은 방어를 하는 셈도 되었다. 자신들의 자리를 지키기 위해서 이통표국이라는 틈을 허락지 않는 것이리라.

'방심한 것인가…….'

여러 가지 시야를 가지라 아들 운현에게 말을 했었다.

승정환을 판매해 줄 때도, 돈을 얻음에도 명예는 잃을 수 있다는 것을 알려주며 산교육을 했었다.

그런데 지금의 자신은 뭔가. 자식에게만 가르칠 일이 아니었다. 가르치면서도 배우는 것이 있듯 자신조차 배워야 했다.

'언제고 이런 일이 일어날 것을 예상했어야 했다.'

미련했다.

아직 현역임에도, 아들의 일만큼이나 자신의 일도 중요하다는 것을 잊었다.

자리를 잡아 단지 후원만 하는 부모가 아닌, 자신도 성장을 하고 있는 표국의 국주임을 잊어서는 안 되었다.

"패착이로고……."

좀 더 세밀하게, 모든 게 준비될 때까지는 조용히 움직이지 않은 것을 이후원은 후회했다. 부모가 아닌 국주로서의 후회다.

하지만 후회만 하고 있기에는 상황이 급박했다.

단풍(團風), 황강(黃岡), 악주(鄂州), 황석(黃石), 효감(孝感), 한천(漢川).

지금까지 확인된 현들만 벌써 여섯이다.

등산현의 북쪽으로 있으며 성도 무한을 중심으로 하고 있는 현들이 거래를 하지 않고 있는 것이다.

의도적이다. 동시에 치밀하였다.

확인된 현들 중에서 등산현보다 작은 현이 없었다. 모두 강을 끼고 있거나 산지의 특별한 상품들이 있어 거래를 하기 용이한 곳이었다.

호북성 남쪽에 치우친 등산현으로서는 그들이 생산하는 물건을 가져다 파는 것만으로도 큰 이문을 남기고는 했다.

모든 현을 막을 필요도 없다는 듯, 적절하게 막았다. 느껴지는 치밀함에 이후원은 등이 싸해지는 느낌이었다.

'상재를 잘 아는 자가 일을 벌인 것이겠군. 하기야 상인들을 규합하려면…… 상인이겠지.'

일을 벌인 자는 상행을 잘 아는 자였다. 상인이다.

"흐음……."

상대가 누군지는 알 만했다. 의도도 알 만하였다. 과한 감이 없지 않아 있었지만 그들로서는 최선이었을지도 몰랐다.

상인의 입장에서는 자신이 잘못한 것이 될 수 있으니, 이해는 한다. 다만 인정을 하니 싸하던 가슴이 동시에 뜨거워졌다.

이 모든 일이.

'힘이 없어서다. 제대로 된 세가가 되지 못해서지…….'

제갈가라 해서 상행을 하지 않던가?

어지간한 중소 상단보다 큰 상단과 상가들을 가지고 세가의 운영비를 벌어들인다 들었다.

상인들도 그들은 공격하지 못했다.

무림뿐만 아니라 관에도 영향력이 있는 제갈세가로 감히 덤벼들지 못한 것이다.

그런데도 자신은 건드렸다는 것은, 힘이 부족함에도 일을 벌이고 있으니 방해를 하고자 함이다.

그러니 가슴이 뜨거워질 수밖에.

힘이 부족한 설움이 느껴지기에 그는 분노했다. 동시에 방법을 찾고자 가슴속이 뜨거운 와중에도 머리로는 이성을 찾았다.

"……보자."

그의 아래에 보물이나 다름없는 지도가 펼쳐져 있다. 호북성이 그려져 있었다. 정확한 측량이 된 것은 아니지만 거의 정확했다.

군사적으로도 이용될 수 있는 것이기에 지도는 양민에게 엄금한 것인 터.

그러니 귀중하다. 이통표국의 표사들이 많은 공을 들여 가져온 것들을 모아 만든 지도이니까.

그 귀한 지도에 이미 거래를 하지 않기로 확인이 된 현들을 표시해 둔다.

"흐음……."

그러면서 이런 상황에서도 상행을 계속해 준 고마운 곳들을 표시해 둔다.

적벽현과 함녕현 그리고 등산현.

이통표국의 거점이라 할 수 있는 등산현을 제외하고 두 개의 현은 고마운 곳이 되었다.

어려울 때에 등을 돌리지 않았으니 어찌 안 고맙겠는가. 적어도 그들은 자신에게 등을 돌린 다른 현들과는 달랐다.

달랑 셋이다.

하지만 그래도 현 세 개가 적이 되지 않은 건 어디겠는가. 대를 이어가면서 쌓아 놓은 신용 덕에 셋이라도 남은 것이리라.

"당장 몇 달은 버틸 수 있기는 하겠군……."

어렵사리 버텨나갈 수 있을 거다. 성세를 이루기 전까지는 본래부터 이 세 개의 현을 중심으로 움직이지 않았던가.

'그나마 괜찮을 만한 곳을 추려 보자.'

성도 무한의 경우도 운현 덕에 민심이 이통표국에 있으니 거래를 할 만한 곳을 몇 찾을 수 있을지도 몰랐다.

그런 곳들을 찾아야 했다. 그리고 그런 곳을 돌파구로 삼아야 했다.

그리하면 상인들의 공격도 버텨낼 수 있지 않겠는가?

'그들로서도 계속해서 거래를 하지 않는 건 분명 손해가 될 거다…….'

지도를 보면서 정리를 하고 보니, 결국 누가 얼마나 오래 버티냐의 싸움이다.

상인이 오래 버티느냐. 이통표국이 망하지 않고 버티냐의 싸움인 것이다. 이후원은 그리 파악하였다.

"해 보자……."

오롯이 표국의 힘으로.

신의이자 자신의 자랑인 아들은 이번 일에서 되도록 제할 생각인 그였다.

아들에게 도움을 청한다면, 자신이 생각지도 못한 방식으로 도움을 줄지도 몰랐다. 자랑스러운 아들이라면 분명 그럴 것이다.

하지만 그리해서는 안 되었다.

이번의 일만 하더라도 자식을 가르치면서도, 자신의 일에는 집중하지 못하여 벌어진 일이나 다름없지 않은가.

그렇기에 오로지 표국의 힘만으로 해내어야 했다.

자식에게만 기대는 부모가 되기보다는 자식에게 든든한 기둥이 될 수 있는 부모가 되기 위해서라도.

자신이 아직 현역이라는 것을 증명하고 싶은 마음에서라도 한번 해볼 참인 이후원이었다.

"후우……."

그가 숨을 고른다. 가장이 아닌 국주로서 고난을 이겨내기 위해서 움직이기 시작했다.

하지만 그도 그때는 전혀 예상치 못하고 있었다.

이번의 일에 생각지도 못한 세력이 끼어 있어 획책을 했다는 것을. 또한 이후원의 생각 이상으로 그 암수가 보통이 아니라는 것을.

적에 대한 실체를 전부 파악하지 못했음에도, 어려움을 헤쳐 나갈 수 있을 것인가. 아니면 무너져 내릴 것인가.

그 기로에 운현의 아버지, 아니 이통표국의 국주 이후원이 있었다.

*　　*　　*

매일같이 의방에 들르면서도 장지민을 챙긴다거나 하는 편인 남궁미다.

운현을 방해치 않으려는 것인지 의뢰를 맡긴 뒤로는 무언가를 궁금해하지도, 관심을 크게 가지지도 않았다.

무언가를 하고 있기는 한 것인지 때때로 보이지 않을 때가 많은 그녀였다. 덕분에 같은 현에 있으면서도 자주 이야기를 나눌 수 없었다.

대신 위험한 일을 하는 건지 남궁가 무사들이 부상을 당해 오고는 하였다.

큰 부상은 아니기에 묻지 않았지만 운현으로서는 대체 무슨 사연이 있는 것인지 궁금하기는 했다.

그런데 의외로 운현이 아니라 그녀가 궁금증을 가지고 찾아왔다. 그녀는 자신이 이해하지 못하는 행동에 대해 의문을 가지고 있었다.

"가 보시지 않는 건가요?"

"예의니까요."

운현이라고 해서 이통표국에서 일어나는 일을 모를 리가 없었다.

아무리 의방에 있다고 하더라도 같은 현에 있지 않은가. 게다가 의방과 표국은 그 거리가 멀지도 않았다.

이통표국에 문제가 생겼다는 것은 가만있어도 들릴 만한 큰 소식이기에, 가족인 운현은 이미 파악한 지 오래다.

도와 달라고는 말하지 않았다.

운현이 끼어드는 것은 그들로서도 함부로 이야기 할 만한 성질이 아님을 아는 것이다.

하지만, 푸념이라도 하려 한 것인지 고 표두부터 시작하여 한일운 표두까지 다녀갔을 정도다.

자세한 소식은 물론, 상황이 어떤 식으로 돌아가는지 아주 정확히 파악하고 있었다.

'후우…….'

하지만 예의다.

아버지가 자신에게 먼저 이야기를 하지 않았다.

운현이 알고 있을 것을 뻔히 알고 있을 터인데도 말하지 않았다는 건, 알지 않았으면 한다는 뜻이다.

알더라도 모른 척해 줬으면 하는 마음이었다.

부모의 마음이라는 것이 다 그러한 것이겠지만, 자식에게 어려움을 말하고 싶지 않은 것이리라.

자식에게 걱정을 주기보다는, 든든한 이가 되고 싶은 것이 부모 마음인 것을 알고 있기에 가지를 못했다.

저녁 식사 시간마저도 되도록 일 이야기를 꺼내지 않으려 노력했을 정도다.

그런 예의라고 하는 것을 남궁미는 이해를 하지 못하는 듯했다. 나이가 어린 그녀가 이해하기에는 아직 어렸다.

"부모님이잖아요?"

"예. 부모님이지요. 하지만 부모님에게는 부모님의 자리가 있는 것입니다."

"음……."

운현의 말에 남궁미로서는 이해를 할 수 없었다.

'이해가 안 돼…….'

남궁가는 세가다. 세가는 핏줄로 이어진 곳이다. 핏줄로 이어졌기에 모든 대소사를 함께 하는 곳이 세가기도 했다.

그런 세가에서 자란 그녀로서는 운현의 방식을 이해할 수 없었다.

지금 당장에 그녀가 등산현에 온 것만 하더라도, 아버지를 대신하여 오래전 그날의 일을 해결키 위해서 온 것이지 않은가.

남궁가의 자제가 아니더라도 그러하다. 남궁가의 자제이기 이전에 남궁미는 무인이다.

무인은 어떠한가?

자신의 문파, 같은 계파, 같은 정파가 당하는 일이 일어나게 되면 분연히 들고 일어나는 것이 문파다.

문파는 같은 문파끼리. 정파는 같은 정파끼리. 사파는 사파끼리. 상식이다.

설사 핏줄이 이어져 있지 않더라도, 무인은 뜻이 같은 자를 위해서 목숨도 받친다.

그런데도 운현은 가만히 있다. 평소 운현과 이후원의 사이가 각별한 것을 직접 보아 온 그녀로서는 역시 이해가 가지 않았다.

궁금증이 더해져 가기에 그녀는 성격답게 직설적으로 물었다.

"왜죠? 자리와 이게 무슨 상관이죠?"

"으음…… 이걸 어찌 설명해 드려야 하려나."

가족은 곧 자신. 자신은 곧 가족임을 동일시하는 것이 중원의 문화다. 그녀의 의문은 당연할지도 몰랐다.

그러나 물었기에 설명도 해 주어야 했다.

운현은 어쩌면 남궁미의 인생에 있어 어떠한 전환점이 될지도 모른다는 말을 한다는 것도 자각하지 못한 채로 설명을 해 주었다.

"가족으로 묶여 있되 서로를 인정하기 때문입니다."

"인정하기 때문에 돕지 않는다구요?"

"예. 아버지는 아버지이면서 동시에 표국의 국주입니다. 책임자이고, 표국을 이끌어 가는 자이죠."

"그건…… 알아요."

"예. 그러니 배려를 하는 것입니다. 책임을 지는 자이기에 자신이 책임지고 해결할 수 있다는 것을 믿는 거지요."

"신의님이 나서면 더 쉬울 수도 있잖아요?"

맞는 말이다. 쉬울 거다. 자신이 완전한 해결책은 되지 못해도 도움은 분명 될 것이다.

“그렇겠죠. 쉬울 겁니다.”

“그러니까 도움을 줘야 하지 않나요?”

그녀는 집요했다. 여기서 쐐기를 박아야 했다.

“아뇨. 말씀드렸잖습니까. 예의라고요. 아버지는 아버지이기 이전에 개인이며 자신을 책임지는 자입니다. 홀로 자신을 책임지려는 자에게 끼어드는 것은, 당신의 능력을 인정하지 못한다는 말이 되니까요.”

“……인정하지 못하는 게 된다고요?”

“예. 한 명의 개인으로서의 아버지. 그런 아버지가 홀로 해결하려 하시는 것. 그것을 믿고 기다려야 하는 겁니다.”

그게 자신의 예의다.

아버지를 믿기에 할 수 있는 일이기도 했다. 표국에 벌어진 일에 신경이 쓰이지 않는 건 아니지만, 요청이 있기 전에 자신은 나서지 않을 것이다.

“……전혀 모를 생각이네요.”

“하핫. 제 개인의 가치관일지도 모르지요.”

“예. 하지만…… 다르기에 신의님이 더 나아갈 수 있는 것이겠죠. 으음…….”

운현의 말을 되짚어 보는 것일까? 그녀가 음미를 하듯 감상 어린 표정을 짓는다. 그러고는.

“……잘 배웠습니다.”

뜻 모를 말을 하고서는 그녀가 꾸벅 고개를 숙인다.

'……인정. 믿음. 한 명의로서의 개인.'

무얼 느낀 것일까?

소녀에서 숙녀가 다 된 그녀는. 자신의 가치관을 확립했을 것임에도, 운현의 말을 들어 무언가 변화를 해 나가는 것일까?

그녀도 무언가 변하고 있었다.

운현이라는 한 사람이 아버지에게 그러했듯 다른 한 사람, 한 사람에게 영향을 끼치기 시작한 것이다.

처음에는 작은 미풍처럼 하나둘씩 번져 나가는 영향.

과연 이러한 영향이 미풍으로 끝이 날지, 원대한 꿈을 가진 운현의 태풍으로 끝이 날지는 두고 볼일이었다.

*　　*　　*

따악. 따악.

책상 위에 놓인 손가락이 표면을 규칙적으로 두드린다.

소리는 규칙적이었으나 사람이 이런 식으로 홀로 책상을 두드리고 할 때의 심리는 뻔하였다.

초조한 것이다.

"부족한데…… 많이 부족해."

상인 정운용.

그는 꽤 많은 상단들의 호응을 이끌어 내고, 이통표국을 압박해 내는 성과를 얻었음에도 초조해했다.

그의 목적은 이후원이 아닌 신의인 운현.

상인들이야 벌써부터 들뜬 기색이 역력해 보이지만, 아직이 정도로는 신의 운현에게 타격을 주지도 못했다는 것을 자각하고 있는 그였다.

그에게 이 상황 그대로 시간이 지나가는 것은 바랄 만한 상황이 아니었다.

상자를 준비하고, 금원보, 금자, 은자로 상자를 가득 채웠었지만 그 정도로는 모자랐다.

당장은 일이 자신들의 뜻대로 돌아가는 것에 상인들이 희희낙락하며 돈을 요구하지 않지만, 시일이 지나가면 어찌 될까.

뻔하지 않은가.

돈을 내 놓으라 외칠 것이다. 그들이 보이던 광기를 이통표국이 아닌 자신에게로 쏟아 부을 것이 뻔하였다.

그때가 돼서는 돈이 부족한 자신으로서는 책임을 질 수가 없다.

혹시 모르는 수가 있기는 하다. 여기서 성과를 더 낸다면 대사형의 윗선에서 돈을 더 대어줄지도.

하지만 지금 이대로는 가능성이 없다.

'황녀 년도 문제고…… 후우…….'

며칠 전 대사형이 지급으로 보낸 전갈대로라면 황녀가 호북에서 은밀히 무언가를 위하여 움직이고 있었다.

자신에게 더욱 분발을 하라는 이야기야 넘어간다손 치더라도, 황녀가 움직인다는 소식에는 신경이 쓰일 수밖에 없다.

황녀와 신의의 관계가 우호적이라는 것은 누구나 아는 이야기였으니까.

그러니 자신이 살아남기 위해서 애써 벌인 일도 황녀의 한마디에 흔들릴 수 있는 것이다.

"어쩐다…… 어째야 하나."

상인들을 설득할 때처럼 쐐기를 박아야 했다. 세력을 잠시 축소시켰다고 만족하기보다는 더 한 것을 보여줘야 했다.

이를테면 이통표국이 망할지도 모른다는 위기감을 심어줄 정도는 되어야 했다. 그 다음이야 윗선의 지원을 바라면서 일을 더욱 크게 벌리면 되는 것이고.

'어차피 안 되면 죽을 목숨…….'

최악의 상황에서 목숨을 버릴 수도 있다 생각을 하니 겁이랄 것이 없었다. 안 되면 정말 죽는 것으로 끝나는 것이다.

아니면 살아남거나.

"흐음…… 그렇다면 역시 졸(卒)부터 처리하는 것이 맞겠지."

장기말의 왕 격인 신의를 바로 칠 수는 없다.

포나 차 정도 되는 이통표국에게 크게 한 방을 먹인 것으로 흔들었으니, 그 다음은 아래에서 덜덜 떨고 있는 졸을 치는 것이 맞지 않겠는가.

"그래. 그런 방법이 있었지."

악의에 가득 차서인가, 악의를 실행할 수 있다는 것을 알게 돼서인가. 그가 비릿한 웃음을 지어 보인다.

"거기 총관 있는가."

목소리를 높여 심복을 불러 본다. 염탐이라는 임무를 진행하던 와중에 얻은 몇 안 되는 심복이다.

자신이 죽게 되면 언젠가 정리가 될지도 모를 자이기도 했다.

"예! 부르셨습니까?"

"지금 움직일 수 있는 자금이 얼마나 되는가?"

"당장에야 찾아오는 자가 극히 적은지라…… 구 할은 본래대로 가지고 있습니다."

돈도 있다. 상인들이 찾아오게 되면 언젠가 없어질 수 있는 돈이기에 아까울 것도 없는 돈이다.

이쪽도 이판사판이지 않은가.

"구 할이라…… 좋군. 그 정도면 신의도 져 버릴 만한 돈이기는 하지."

"달리 수가 있으신 겁니까?"

"없으면 부르지도 않았겠지."

"다행이로군요!"

총관이 자신의 일이라도 된다는 듯, 화색을 보인다. 심복으로서 돌아가는 사정을 대충은 아니, 자신의 목숨도 위험한 것을 알고 있는 것이다.

"우선은 함녕현부터 가 보게나."

"가서 어찌하면 되겠습니까?"

"그거야 내 지금부터 일러 주지."

암수에 더러운 계획이 추가된다. 시궁창 같은 상황에서나 벌일 법한 더러운 수가 호북성에서 횡행하기 시작한다.

신의를 돈으로 팔아 치우려는, 탐욕 아래 중요한 그 무언가를 오염시키려는 듯 비열함이 가득 채우기 시작했다.

그렇게 정운용은 자신을 아군이라고 여기는 '우리' 상인들은 전혀 모르게 자신만의 일을 벌이고 있었다.

아주 은밀히.

# 第四章
# 선을 넘었군

모든 도가 궁극적인 경지를 추구하지만, 추구하는 방법은 각기 다를 수 있는 법.

무를 닦는 자가 추구하는 도(道)가 그 형식에 있다면 도를 추구하는 자라 할지라도 도인의 성격이 아닐 수 있다.

현실적일 수 있고 실용적일 수 있게 되는 것이다.

함녕현의 형의문이 그러했다.

최고는 아닌 무공이나 무당파에서부터 뿌리가 나온 제자가 세운 형의문은 그 성격이 정파인들치고는 고리타분치 않았다.

도의 완성이 수련에서 오는 것이 아니라, 형(形)의 완성에서

오는 것이라는 그들의 생각이 그러한 성격을 만든 것이리라.

덕분인지 그들은 등산현에 위치한 문운파나, 같은 함녕현에 있는 중소 문파들에 비해서 성세를 유지할 수 있었다.

무공이 강해서가 아니다. 그들의 정신 덕이다.

다른 이들보다 덜 명분에 얽매이고, 좀 더 현실적으로 움직이게 되니 조금씩 앞서 나갈 수 있게 된 것이다.

그런 형의문을 보고 혹자들은 정파가 아닌 문파라느니, 정파답지 못하다는 비웃음을 날리곤 하지만 형의문 사람들에게는 상관없는 이야기였다.

자신들이 조금씩 나아가는 것을 질시하는 것이라 여겼을 따름이다.

그렇기에 함녕에 있는 많은 상단과 우호를 나누고, 표국에 표사들로 무인들을 보내면서 많은 지원금을 받아왔었다.

그런데 지금 이건 무슨 상황이란 말인가.

"아니 그게 무슨 소리란 말입니까? 지원을 끊겠다니요?"

형의문 문주 이의형이 자신의 문주실에서 크게 소리를 친다.

그의 기세가 보통은 아닌지라 처음에는 꼿꼿하게 굴던 상대도 식은땀을 흘릴 정도다.

대대로 절정에는 이른 형의문의 문주답게 그도 절정에 오른 지 꽤 오래된 고수였다.

그렇기에 그가 기운을 돋우며 내세우는 소리에 무를 익히지 못한 자가 버티는 것은 어려운 일이었으니, 지금의 상황도 당연했다.

"상단주님이 그리 하시라 말씀을 하셨습니다."

"그게 사실입니까? 우 형이?"

운현이 주기적으로 기부금을 내주고는 있다.

하지만, 함녕에 있는 형의문으로서 가장 중요한 곳은 함녕에 있는 유지들이 될 수밖에 없다.

지역에 기반을 둔 자들이 주는 지원금, 그들의 자식들을 가르치며 나오는 큰돈들이 중소문파를 유지케 하는 힘이다.

표국이나 상단이 있지 않고서야 문파는 그리 유지될 수밖에 없다.

형의문은 그 중에서 상단의 지원을 받는 쪽을 택했었다.

표국이야 형의문과 가까이에 있는 운이문이 꽉 잡고 있고, 겨우 비집고 들어가는 형편이다.

근래에는 이통표국과 친분을 나눔으로써, 대다수가 이통표국에 보내지고 있는 상황이다 보니 함녕현의 표국은 운이문이 다 잡았다.

남은 것은 유지들의 기부금. 지역 유지의 자제들이야 멋들어진 초식을 특기로 하는 도정의문이 데리고 있었다.

실용적이지는 못하나, 그들의 초식이 가진 멋들어짐은 문주로서도 인정할 수밖에 없는 터.

무를 쌓아 세상을 질타하자는 꿈을 가진 것도 아닌, 호신의 수준 정도를 원하는 것이 그들이다.

멋들어진 도정의문으로 가는 것도 자연스러웠다.

그렇기에 형의문으로서는 상단의 지원을 받는 것이 가장 편한 선택이었다. 또한 지금까지는 옳은 선택이었다.

그런데 그들이 지원을 끊겠다고 한다.

'하…… 임가의 자제를 잡았어야 했던 건가…….'

얼마 전 자신의 문파에 다녀갔던, 임이라는 성을 가진 지역 유지의 자식이 눈앞에 잠시 아른거리는 그였다.

"이유가 뭐랍니까? 우 형이 직접 찾아오지 않은 것도 이유는 있겠지요?"

특히나 자신에게 지원을 해주는 상단은 상단주와 호형호제까지 하는 사이다. 이해를 할 수가 없었다.

"……말씀은 하시지 말라 하셨지만……."

역시 이유가 있었다.

우 형이 직접 오지 못하는 이유. 거기에 핵심이 있을 것이다.

"아무래도 압박을 좀 받으신 듯합니다."

"압박? 누가 함녕에서 우 형을 압박한단 말인가. 말을 해야지! 그러라고 기부를 하는 것이 아닌가."

역시 외부의 이유였던 것인가. 그렇다면 자신의 힘이 닿는 데까지 도우면 될 일이다. 자신은 그리할 자신이 있었다.

그런데,

“상단끼리의 일인 듯합니다……. 도움을 요청하실 거라면 진즉에 하셨겠지요.”

“……아.”

상단끼리의 일이란다. 그렇다면 자신이 끼기가 힘들다.

아무리 실용적인 성격을 가진 형의문이라지만, 상단끼리의 일까지 끼어들 만큼은 아니었다.

그것은 실용적인 것이 아니라 각자가 가진 영역의 선을 넘는 꼴이 되게 된다.

“방법이 없다고 하던가?”

“……아무래도 그러실 듯합니다. 그리고.”

상대도 자신을 걱정하여 이야기를 전하는 것이지만, 사안이 사안인지라 이야기를 듣는 문주의 말투는 곱지는 못했다.

“또 뭔가?”

“이번 일이 끝이 아닐지도 모릅니다. 단주님께서는 지나가는 말로 하셨지만서도…… 상황이 상황인지라…….”

“하…….”

평소라면 콧방귀를 꼈을 테지만, 뭔가 느낌이 쌔했다.

‘대체 무슨 일이 일어나고 있단 말인가…….’

무언가 일어나고 있었다.

문주라는 자신이 손도 못 댈 만한 뭔가가 일어나고 있는 것이다.

그리고 그의 예언대로 형의문은 금세 자금의 압박에 시달리기 시작했다. 그들과 함께했던 다른 상단들도 어려움을 겪기 시작한 것은 물론이다.

등산현에만 이어질 것 같았던 공격이 함녕현에도 같은 방식으로 이루어져 가고 있었다.

* * *

형의문의 자금줄이 끊기기 시작하고, 갑작스러운 일에 형의문 문주가 갈피를 잡지 못하고 있을 때.

이 사실까지는 알지 못하는 운현은 아버지의 일은 잠시 덮어 둔 채로 연구를 진행하고 있었다.

다른 연구가 아닌, 남궁미가 남궁가의 이름으로 부탁했던 의뢰다.

할 일이 많기는 하였지만 해결할 수 있는 한 가장 빠르게 해결할 수 있는 일부터 해결코자 하는 운현이었다.

"오행환보다 강한 거라고 했지. 약효가 강한 재료들만 배합해도 좋기는 하지만, 욕심이 나기는 하는데……."

그들의 의뢰는 오행환처럼 지속적으로 공력 상승에 효과가 있는 약을 만들어 달라는 것.

그들도 그런 약이 없을 리는 없지만 연구를 하기 위해서나, 세가의 무사들에게 드는 비용을 절감코자 벌인 일일 거다.

그도 아니면 새로 무사들을 키우는 데 사용하겠지.

'어떻게 쓰든 그거야 그들이 결정할 일이니까. 허튼 데 쓸 곳도 아니고.'

자신이야 의뢰만 제대로 수행을 해 주면 되었다. 어떤 방식으로 사용을 하든 알 바는 아니었다.

"원리는 오행환과 같은 원리를 써 볼까. 아니면 이번에 새로 얻은 수와 화의 극대화를 시켜 볼까. 흠……."

남궁가가 가졌다는 무공은 곧 하늘이라 알려졌다.

하늘을 품으려는 듯, 강맹함을 가지고 날리는 검격에 내포된 힘이 무림의 일익을 담당할 힘을 그들에게 주었다.

'하늘이라…… 오행하고는 전혀 다르지. 흠…….'

무공에 힘에 맞춰 영약을 만드는 것은 의원이라면 누구나 아는 상식. 잘만 맞추어 줘도 좋은 영약을 만들 수 있게 된다.

"하늘…… 하늘이라…… 오행 중 하나라고 하기에는 뭔가 애매한데. 흐음…… 오히려 반대되는 속성으로 상승을 노려 볼까."

지(地) 혹은 토(土). 단순한 생각이기는 하지만 천지인에서 천지(天地) 중 지는 토행과 같은 속성이지 않겠는가.

하늘을 품으려는 듯 천(天)을 내포하고 있는 남궁가와는 반대되는 속성이다.

그것을 잘만 이용하면 오히려 역상성을 이용하여 상승작용을 만들 수 있지 않을까라는 생각이 운현의 머리로 스쳐 지나간다.

오행환을 만들 때에 사용하던 원리에서 한 발자국 나아간 새로운 원리였다.

'해 볼까? 흐음…….'

지금 이 순간, 자신에 대한 발전과 남궁가에게 있어 깊은 인연으로 이어질 만한 영약을 만든다는 생각은 꿈에도 하지 못하고 있는 그다.

그는 오직 약을 만드는 데 집중하기 시작하고 있었다. 눈 앞의 약만 보이듯이.

다만 그의 집중은.

"신의님!"

영약에 관한 연구가 거의 끝나가기 직전 그를 찾아오는 자들로 인해 잠시 뒤로 미루어졌다.

*　　*　　*

이미 얼굴을 보았던 자가 있었다.

역병이 돌았던 당시 운현을 도와주었던 자다. 그리고 문주라는 자도 얼핏 이야기를 나눴던 자다.

당시 상황이 급박하여 친분을 나누기는 힘들었지만, 서로 좋게 본 것은 확실했다.

토사곽란을 같이 헤쳐 나갔었으니 전우라면 전우다.

그런 전우가 민망함과 함께, 피로함이 가득한 기색으로 찾아왔다.

죽을상이다. 사람이 죽어 나가는 토사곽란 때도 이러지는 않았다.

그때는 치료를 할 수 있다는 희망을 운현으로부터 봤기에 초췌함 한편에 희망이 있었다. 그런데 지금은.

'……내가 희망인 건가.'

오로지 운현만 바라보고 있다. 자신의 힘으로 헤쳐 나갈 수 있는 한도를 넘어섰던 것인지, 그에겐 희망이 없어 보였다.

일말의 희망이라고는 자신을 바라보는 눈빛 사이로 보이는 아주 작은 조각뿐이다.

그의 옆에 조심스레 자리하고 있는 상인으로 보이는 자도, 같은 처지인 것인지 문주와 같은 표정이었다.

"무슨 일이 있으셨던 겁니까?"

"후우……."

한숨을 크게 내쉰다.

허나 먼저 찾은 쪽은 형의문 문주 쪽이다. 그에게서 설명을 들어야 했다.

아쉽게도 운현으로서는 형의문에 관해서 다른 이들로부터 미리 들은 바가 없었다.

"……짧은 인연임을 알고 있습니다. 그동안 기부금을 주신 것도 큰 은혜인 걸 알고 있지요."

"예……."

"그럼에도 염치없게 부탁을 드리려고 합니다. 도와주시지요."

급해서인가. 처음에는 무언가 정리된 듯한 이성적인 말을 내뱉던 문주가, 대뜸 도와달라고 말한다.

절박해 보였다.

"대체 무슨 일이신지 설명부터 해 주시지요."

"휴우. 모든 돈이 끊겼습니다. 우리 문파에 들어오는 모든 돈이요."

"문파에 돈이 끊겼다고요?"

"예. 휴우. 가볍게 배우는 아이들이야…… 잠시 보내면 된다지만, 문파에 적을 둔 아이들을 챙길 돈도 없게 됐습니다."

문파에 돈이 끊기다니 심각한 상황이다. 아무리 무인이라 할지라도 돈 없이 살 수는 없다.

안빈낙도하여 유유자적한 삶을 사는 무인 따위는 글에서 나오는 환상일 따름이었으니까. 결국 돈이 중요하다.

"어쩌다 그리 심각한 상황이 된 겁니까?"

"……저 신의님, 그 설명은 제가 드려도 되겠습니까? 제가 더 정확하게 설명을 드릴 수 있을 듯합니다."

상인이었다.

"예. 얼마든지요. 그런데 뭐라 불러드리면 되겠습니까? 소개도 못 했군요."

"우상훈이라 합니다. 함녕에서 작은 상단을 유지하고 있지요."

우상훈이라. 새로 알게 된 자인 건가. 우선은 이야기를 들어 볼 필요가 있었다.

"그런 것이로군요. 일단은…… 설명만 해 주신다면 문제는 없습니다."

그는 악몽을 회상하는 듯 고통스러운 얼굴을 하고는 입을 열었다.

"처음에는…… 그 시작이 그래, 한두 달 전쯤일 겁니다. 이통표국과 비슷한 일이 저희에게도 일어났지요."

"무슨 말이신지……."

"거래를 하는 자들이 거래를 끊는다며 압박을 하기 시작했습니다. 상단이 상단끼리 거래를 끊는다고요."

"하…… 상단끼리 말입니까? 이유도 없이요?"

"……예. 너무 어이없는 통보였지요. 하루 이틀을 거래한 것도 아니고……."

거래를 끊는다는 것.

표국과 상인의 관계야 서로 간에 영역을 침범하지 않는 데 있으니, 이통표국을 공격한다는 것은 일단 넘어간다손 치자.

명분이 있으니까.

그런데 상인과 상인이 서로 거래를 하는데 이유도 없이 압박을 하기 시작한다고?

더 이문을 남겨주는 자가 출현한 것이 아닌 이상에는 그런 일이 일어나지 않는다.

그런데 상대의 표정을 보아하니 그런 것은 아닌 듯하다. 그렇다면 이 상황은 너무 이상한 일이지 않은가?

"그래서…… 이야기는 해 보았습니까?"

"안 해 보았겠습니까. 그런데 처음 압박을 넣던 자들이 은근슬쩍 요구하는 것이 웃기더군요."

"무엇입니까?"

"형의문에 대한 지원을 끊으라 말했습니다."

"그런……."

상인이 자책을 한다.

"그런데 저란 놈도 못난 놈이어서인지 거래를 끊었습니다. 우습지 않습니까? 하핫. 오래도록 이어가던 인연을 그렇게 끊을 뻔한 겁니다."

돈을 위해서 일하는 것이 상인이다.

옳은 일을 한 것은 아니지만 자신도 살아남기 위해서 그런 일을 벌였다면야, 이해할 수 있는 일이다.

'살아야 하는 거니까…….'

상대의 횡포를 쉽게 이겨 낼 수 있는 것이 아니라면 눈앞의 사내는 옳은 결정을 한 것이다.

"……그런데 말입니다. 자꾸 양심에 찔리더란 말입니다. 이 친우라고 부르던 놈에게 몹쓸 짓을 한 거 같아서죠."

"그래서 다시 기부를 하고 거래를 재개했습니까?"

상인과 문파의 거래.

상인은 돈을 주고, 문파는 상인을 지켜 준다. 때로 필요에 따라 무력이 필요한 곳에 무력을 동원해 준다.

그것이 그들이 하는 거래. 그 거래를 재개했느냐는 말이다.

"……아니요. 할 수가 없었습니다. 하려고 하니 압박이 더욱 거세지더군요. 그리고……."

"그리고요?"

"자금난에 시달리려는 찰나…… 그들이 큰돈을 제시하더군요. 그동안의 손해를 만회할 정도의 아주 큰돈이었습니다."

상인이라 칭하지만, 그는 한 상단을 맡은 상단주일 것이 분명했다.

오랜 기간 동안 상인을 한 듯 보이니 형의문이 있는 함녕현에서 꽤 큰 세력을 일구었겠지.

그런 자가 꽤 오랜 시간 동안 받은 손해를 만회할 만한 돈이라는 것을 얼마나 큰 액수가 될 것인가?

보통 사람은 평생 만지기 힘들, 만져 볼 수도 없는 그런 액수의 돈일 것이 분명했다.

"그 큰돈으로 무얼 요구한지 아십니까?"

"무엇입니까?"

"이통표국과의 거래도 끊는 것을 요구했습니다. 하…… 재밌지 않습니까? 압박을 하고, 인연이 된 자들을 끊게 만들고 보상을 제시한다. 그러고는…… 더 큰 것을 요구하여 옭아매었습니다. 아주 악질이었죠."

그가 하소연을 하듯 내뱉은 말에는 많은 것이 담겨 있었다.

그의 모습을 보고 있자니, 운현으로서는 묘한 기시감이 느껴졌다. 그래. 아주 오래전에 보았던 그런 기시감이다.

'전생에나 지금이나 똑같구만. 신의가 아니라 이런 식으로 사람을 옭아매서 사용하는 건…….'

한국에서 보았던 모습 중 일부였다. 압박, 보상, 회유, 더 큰 요구. 아주 좋은 알고리즘이지 않은가?

그런 짓이 자신의 눈앞에서 또 벌어지고 있었다.

환생을 하고서까지!

그것도 자신을 노린 공격이다. 이건 너무 작위적이지 않은가. 또한 괘씸하지 않은가.

사람을 치료하려는 마음일 뿐이다. 욕심이라고 해 봐야 명의가 되겠다고 하는 스승의 유언을 이루고픈 욕심뿐이다.

그런데도 계속해서 일이 벌어진다. 공격이 들어온다.

'적극적으로 움직이기로 마음을 먹고 움직이고는 있지만……'

이런 식의 악질적인 방법으로 공격이 들어와서야 열이 뻗칠 수밖에 없지 않은가. 누군가 계속해서 자신의 주변을 건드리고 있다.

웃기지도 않은 상황에 운현은 조소를 지으면서 말했다.

"……말씀대로 재미있군요."

"하…… 그렇지요. 그래서 당장에 이 못난 놈은 이놈부터 찾았습니다. 먼저 배신을 해 놓고서는 찾은 거지요."

"괜찮습니다, 우 형."

문주가 오히려 우상훈이라는 자를 위로해 주었다.

적어도 형의문 문주는 신의가 뭔지 아는 자인 듯했다. 상대의 상황을 이해해 주고 있는 것이다.

자신이 일을 당했음에도 이 정도로 이해를 한다는 것은 형의문 문주의 그릇이 작지는 않다는 반증이었다.

'눈여겨봐야겠군.'

운현은 분노하는 와중에서도 형의문 문주에 대한 평가를 좋게 하고서는, 그 뒷이야기를 경청해 들었다.

"……겁이 났습니다. 아무리 못난 놈이라고 할지라도, 제 손을 넘어서는 무언가가 벌어지고 있다는 것은 확실했지요."

"예. 그런 듯합니다. 악질적이군요."

이건 자신에 대한 공격이다. 단지 그 공격을 자신에게 바로 할 수가 없으니, 다른 이들로 돌려 하는 것이다.

말 그대로 악질이다.

"그러고는 우 형과 이 일을 어찌해야 할지 상의를 했는데…… 그 이후 어떻게 됐는지 아십니까? 하…… 모든 거래가 끊기더군요. 하핫. 평생을 쌓아 온 모든 것이 순식간에 무너지더군요. 우습지도 않습니다."

말투가 계속해서 변하는 우 단주다. 격해지다가, 겁을 먹는다. 분노를 하다가, 다시금 초췌해진다.

그의 심적인 상태가 굉장히 불안정하다는 것은 확실했다. 더 두고 보다가는 울화에 못 이겨 쓰러질지도 모를까 싶을 정도다.

"진정하시지요. 상황은 이제 다 알 듯합니다."

"하핫. 그렇습니까? 그래요? 신의님이시라면 그럴지도요. 후…… 제가 찾아가니 이 친우 놈이 말하더군요. 신의님을 찾아가 보자고. 신의님이시라면…… 크으……."

모든 기운이 빠진 것인가.

그도 아니면 내부에서 몰아치는 분노에 입으로 뱉어내는 것만으로는 부족한 것인가. 우 단주가 더 말을 잇지 못한다.

그의 상황을 봐서인지 형의문 문주가 나서 말을 이어주었다.

"……신의님이시라면 도와주실 거라 생각했습니다. 염치가 없겠지만…… 저희로서는 방법이 없었었지요. 모든 상황은 설명 드린 대로입니다."

"후우……."

눈앞의 사람들이 무슨 죄란 말인가. 누군지는 몰라도 그들이 노리는 자는 자신인 것이 분명했다.

단지 이들은 모난 놈 옆에 있으면 정을 맞듯, 횡액을 당한 것뿐이었다.

이런 자들을 챙기지 않고서야, 무엇할까.

많은 이들을 구하겠다고 마음먹었듯이, 자신 때문에 피해를 입은 자들을 구하는 것도 자신의 일이며, 빚이다.

'아무래도 아버지께는 죄송하게 될지도 모르겠군……'

이번 일은 아버지의 이통표국에도 관련되어 있는 터.

상대의 명분은 상인의 일에 표국이 끼어들었다는 것에 있었지만, 그 속내를 보자니 이통표국의 일조차도 자신을 노리기 위함인 듯하다.

형의문과 우 단주의 상단 일을 해결하다 보면 아무래도 아버지의 일에 끼어들게 될 수도 있을 터.

조심은 하겠지만, 어쩔 수 없이 끼어들 수도 있게 될 것이다.

남궁미에게 끼지 않는 것이 예의라고 말하였던 주제에, 어쩔 수 없이 끼게 될 만한 상황이 된 것이다.

그래도 이들에게 내릴 답은 하나뿐이다. 자신은 희망이고, 희망이 될 수밖에 없는 자이니까.

"도와 드리겠습니다. 무슨 짓을 해서라도요. 오히려 제가 죄송할 따름입니다. 먼저 나서서 챙겨드렸어야 하거늘……."

"아닙니다! 아닙니다! 정말 감사합니다!"

"……감사드립니다."

일단은 일을 해결하자. 뒤에 있는 누군가들의 뿌리를 뽑아야 했다. 가능한 한 모든 힘을 동원해서.

'애꿎은 피해자들만 늘릴 수는 없으니까…….'

# 第五章
# 캐 보자

본격적으로 나서야 했다.

자신이 마음을 먹고 적극적으로 움직이는 수준으로는 안 됐다. 주변에 있는 이들조차 챙겨야 할 판이다.

의방에 있는 학사, 의원, 아이들, 지켜줄 무사들. 그 모두를 내 사람이라고 생각하는 데서 끝난 것이 오판이었다.

자신은 그 이상을 생각해야 했다. 말도 안 되는 소리일지 모르지만, 자신과 관계된 모두를 지키는 데 힘을 써야 할 판이다.

상대는 그만큼 치밀했고, 음습했다. 관계된 모든 이들을 찔러서라도 자신을 끌어내릴 요량인 듯했다.

'악질이지. 시대가 이런데도 꽤나 철저하단 말이지…….'

사람과 사람 간에 쉽게 연락을 할 수 있는 시대가 아니다.

전서구가 있고, 개방, 하오문에 표국 같은 것이 있다지만 보통 사람은 여전히 한 지역에서 태어나 한 지역에서 죽는 것이 보통이다.

그런데도 상대는 호북성의 상단들을 일정 이상 통합해 내어 자신을 괴롭히는 데 성공했다.

제대로 움직여야 했다. 더 철저하게.

운현은 우선 자신이 사용할 수 있는 돈 중에 일부를 우선 형의문에게 건네주었다.

"이 정도 돈이면 일단은 버티실 수 있으실 겁니다."

"……감사합니다. 이 정도면 일 년은 더 버티고도 남겠군요."

큰돈이다. 형의문으로서는 현상 유지는 될 거다. 일이 해결이 될 때까지 버틸 만한 돈은 되었다.

"부족하면 더 이야기를 하시지요."

"그럴 리가요. 이 정도면 버티는 건 가능합니다! 그 이상이야 저희가……."

고작 이 정도 도움을 주려면 나설 생각도 안 했을 거다. 뿌리를 뽑으려면, 제대로 움직여야 했다.

"아닙니다. 함녕현에서 일을 해결해 보려면 형의문의 도움이 크게 필요할 겁니다. 금방 떨어질지도 모릅니다."

"아아. 완전히 해결해 주실 생각이신 겁니까?"

"할 수 있는 건 다 해 봐야 하지 않겠습니까? 제대로 준비해서 움직여 보도록 하지요."

"언제든 대기하고 있겠습니다!"

좋다. 그들도 당한 입장이지 않은가. 제대로 마음을 먹고 나선다면야 그들만 한 편도 없을 것이다.

건네 준 돈으로 버티는 것도 충분히 가능할 터이니, 함녕현에서 같이 움직여 줄 자들은 확보된 셈이다.

다음은 우 단주다.

"우 단주님께는 제가 아버지께 말씀드려 승정환의 독점 판매권을 드리겠습니다. 어떻습니까?"

"……우선은 숨통은 틀 수 있을 듯하군요."

상단과 문파는 돈이 돌아가는 수준이 다르다. 그러니 승정환 독점 판매권 정도로는 그에게 부족할 수 있었다.

'역시 생각대로군.'

이 정도의 상황은 이미 예측을 한 바. 운현은 자신이 미리 준비했던 상자를 우 단주에게 건네었다.

"이것이 무엇인지요?"

"오행환입니다."

"그…… 소문의 그 오행환 말씀이십니까? 이건……."

"예. 영약이지요. 다른 곳에 자주 넘기는 것도 아니고요."

표국의 사람들이나 사용하는 것이지. 외부로 유출한 바가 없는 것이 오행환이다.

원리는 단순하나, 효능은 나쁘지 않다. 그러니 표국의 자랑이기도 한 것이며, 함부로 내보일 만한 그런 것은 아니다.

하지만 운현은 움직이기로 마음을 먹은 김에 제대로 움직이기로 하였다.

'어중간하게 움직여서야 피해만 누적될 뿐이지. 제대로 크게 먹여야 해.'

작금 호북의 무림은 낭인이든 문파에 속한 무인이든 할 것 없이, 무력에 목을 매고 있는 상황이다.

들끓는 산적에, 공물에 대한 공격, 강시까지. 그 어느 때보다 무력이 필요할 상황이라는 건 충분한 근거가 되지 않겠는가.

그러니 영약을 판매를 한다면? 그런 일이 없기는 하지만, 그 결과는 확실했다. 어마어마하게 판매가 될 것이다.

게다가 신의라는 운현이 만든 영약이다. 효능에 관계없이 웃돈도 오고 갈지 몰랐다.

"이걸 판매하면 분명…… 대박이 나겠군요."

"그렇게 될 겁니다. 분명히요."

"도움을 청하기는 하였지만, 이건 너무 신의님께 손해이신 것이 아니신지요?"

"아닙니다. 제대로 해야지요."

"휴우…… 하지만 이걸 가지고 있어야…… 저희는 지킬 힘이 없습니다."

영약을 준비하면서 이 부분까지는 미처 생각지 못한 운현이다.

영약에 대한 수요가 높으니만큼 영약에 대한 탐욕도 높을 것이다. 나쁜 마음을 먹을 것이라고 생각을 안 할 수가 없다.

하지만 이 부분은 가만있던 형의문 문주가 나섰다.

"우 형. 그거야 제가 도와드리면 되는 것 아니겠습니까? 걱정 마시지요!"

호탕한 말이다. 하지만 과연 현실적으로 지켜낼 수 있겠는가? 그렇기에 물었다.

"괜찮겠습니까?"

"아무렴요! 안 그래도 다른 상단들에 보내던 아이들도 이미 문파에 돌아온 지 오래라 손이 남아 도는 상황입니다. 전부 우 형의 상단에 보내면 될 겁니다."

현 상황으로 남게 된 무력을 전부 우 단주의 상단에 투입하겠다는 것인가? 그 정도라면 분명 가능할지도 몰랐다.

'호북이 사파 무림도 아니니까…… 개방에도 어느 정도 협조를 요청하면 되겠지.'

그 정도면 충분했다.

상단으로 잉여 전력이 움직이게 되면 자신이 함녕에서 움직일 전력이 줄어들게 되기는 하겠지만 그 정도야 감수할 수 있는 정도다.

좋다. 일차적으로 이들에게 할 수 있는 것은 한 듯했다.

"그럼 먼저 가서 움직여 주시지요."

"신의님이 함께 가시는 것이 아니었습니까?"

문주의 물음에 운현이 고개를 설설 저었다.

"아니요. 저는 여기서 해야 할 일을 마저 해결토록 하겠습니다. 몸으로 움직이는 것만이 능사는 아니니까요."

"알겠습니다. 그럼 저희부터 움직이도록 하겠습니다."

운현의 말을 단주는 이해한 것인가. 상인으로서 머리 회전이 빠른 것인지, 그는 운현이 뭘 하려는지 이해를 한 듯했다.

"음…… 알겠습니다! 그럼 우 형과 먼저 가 보겠습니다."

우 단주가 어깨를 툭툭 치며 먼저 움직이자 하니, 문주도 못 이기는 척 물러났다.

아직 이해를 하지는 못했지만 설명은 단주에게 들으려는 듯한 기색이다. 서로 부족한 점을 잘 채우는 둘인 듯했다.

마지막에까지 그 둘을 마중한 운현은 바로 움직이기 시작했다.

*　　*　　*

하오문에 가면 바로 도움을 줄 것이다.

무사들을 구할 때도 그러했고, 그들은 지금도 충분히 도움을 주고 있었다.

여인들을 치료한 대가라고 말하지만, 운현이 보기에는 아니었다.

그들은 언제나 중립을 지켜야 하는 하오문치고는 그 이상의 도움을 주고 있는 상태.

'가면야 얼마든 도움을 주겠지만…….'

그리해서야 민폐다. 허울 좋은 의뢰비가 오고 가든 말든, 그들의 중립이 깨질 만한 짓을 더 시킬 수는 없다.

당분간은 하오문에 의뢰를 하는 건 되도록 자제를 하는 것이 좋다 여긴 운현이다.

"그러자면 역시 남은 쪽은…… 개방인가."

흑점도 좋지만, 그들의 정보는 이런 쪽에 치중된 정보가 아니다.

그러니 하오문과 비슷하게 여러 정보를 취급하는 개방이 나았다. 하오문을 빼니 선택권은 그쪽뿐이다.

"별달리 달라진 점이 없군."

거지 소굴이라 할 수 있는 죽방 밑으로 내려가니, 낮잠을 자고 있는 자가 보였다. 매듭이 세 개이니 삼결 제자다.

본래 이곳에 있던 자는 이통표국을 주시한 것에 대한 공을 인정받아, 사결로 올라가며 등산현을 떠나게 됐다.

그러니 그는 새로 오게 된 자다. 그래도 젊어 보이는 나이에 삼결이니 그 능력은 높을 것이 분명했다.

"흠흠."

운현이 어울리지 않게 작게 헛기침을 하며 자고 있는 삼결에게 인기척을 내었다.

"크흠?"

삼결인 그는 거지답게 누워 있는 그 상태로 고개를 돌려, 운현을 바라보았다. 그러고는.

"아이쿠! 이곳에는 어쩐 일이십니까?"

자신이 삼결인 것도 잊은 듯, 정말 거지처럼 식은 밥을 당장에라도 바라는 표정으로 운현에게 반가움을 표했다.

사람에게 이런 말은 뭣하지만 꼬리만 있더라면 개처럼 꼬리를 휘휘 돌리며 반가움을 표현하고 있을지도 모를 일이었다.

'평소 잘 좀 챙겨 주라고 말하기는 했기는 한데…… 좀 과한데?'

의방에 개방 거지들이 오면 잘 챙겨주라 말한 운현이다. 크게 손해 볼 것도 없었다.

많은 아이들을 한 번에 들이다 보니 잔반도 그만큼 남은 터. 그것을 베풀었을 뿐이다.

그것만으로도 등산현에서 가장 많은 양이기는 했는데, 그게 이런 식으로 크게 작용을 할 줄이야.

실상이야 운현을 통해서 공을 세우고 싶어 하는 삼결 제자의 마음이 크게 작용한 것이지만, 거기까지는 모를 운현이었다.

"의뢰를 할까 해서 왔습니다."

"아아. 의뢰 말씀이십니까? 드디어 저희도 찾아와 주셨군요!"

뼈가 든 말이다.

하기야 대부분의 의뢰는 하오문을 통해서 했던 운현이다. 그나마 개방은 주로 이통표국에서 아버지가 찾았다.

"앞으로는 자주 뵐지도 모르지요."

"하하. 아무렴요. 제가 일 처리하는 것을 보면 더더욱 많이 절 찾으실 겁니다."

장사꾼이 사근사근함으로 사람을 꼬시듯, 넉살 좋은 모습으로 운현에게 말을 건네는 거지였다.

"아아, 그러고 보니 신의님에게 소개가 늦었군요! 하핫. 이거 정신이 없습니다그려."

"예에……."

"개방의 삼결 제자 이성하라고 합니다."

넉살 좋던 모습은 어디로 가고, 그는 또 무인인 것처럼 진지하게 눈을 빛내며 운현에게 포권을 건네고 있었다.

종잡을 수 없는 사내다.

"의명 의방의 이운현이라 합니다. 호기신의란 별호를 가지고 있지요."

운현은 어색한 모습으로 그에게 마주 포권을 하고서는 자신을 소개했다. 어색하지만 이것이 예의니 해야 할 일이다.

'뭔가 이 사람한테 말려들어 가는 기분인데? 전에 있던 지부장이랑은 또 다른 분위기군…….'

표리부동한 줄은 모르겠으나, 자신의 뜻대로 분위기를 몰고 갈 줄 아는 자다. 조심해야 할 사람이다.

"신의님께서 무슨 의뢰를 맡기시려는 것인지요? 하핫."

"음…… 솔직히 꽤 광범위하기는 합니다. 저도 어떤 의뢰를 한다고 똑 부러지게 말하긴 어려울지도요."

"흐음…… 천하의 신의님께서도 고민하실 만한 의뢰시라……."

이성하의 큰 눈망울이 작게 닫힌 눈두덩이 아래로 가려진다. 무언가에 집중을 하면 나오는 그의 습관인 듯했다.

"……이통표국에 관련된 일입니까?"

"그럴 수도 있고, 아닐 수도 있겠지요. 정확히는 모든 것이 저로부터 비롯된 것이라 판단하고 있으니까요."

"모든 것이 신의님으로부터라……."

의뢰를 하자면, 아는 것을 풀어내는 것이 좋았다.

그런 행위가 정보를 다루는 그들에게 정보가 될 수도 있었다. 하지만, 우선은 해결이 먼저다.

"공물 습격 때야 넘어간다손 치더라도…… 근래에 일이 많았지 않습니까? 의방에 산적이 쳐들어온 것에서부터…… 습격, 그리고……."

운현이 조근조근 자신의 말을 해 나간다.

종잡을 수 없는 사내인 이성하지만, 그도 이 순간만큼은 집중을 했다. 운현의 말을 들어 분석을 하려는 게다.

그리고 나온 결론은,

"확실히 신의님의 입장에서 공격을 받고 있다 보실 만한 일이로군요. 무언가 연결은 돼 있는 듯합니다."

"예. 물론 그들이 누구인지는 모르니…… 완전히 확실한 추론은 아닐지도 모르죠."

운현을 노리는 자가 있다는 것. 어쩌면 그 이상을 바라는 자들일지도 모른다는 것.

그리고 그들의 규모가 생각 이상으로 클지도 모른다는 것이다.

산적, 공물 습격 당시의 정보 조작, 이번 상단의 일 정도만 보아도 그들은 이미 어지간한 대문파의 수준을 넘은 일처리를 보이고 있었다.

"아닙니다. 그 전까지는 호북이 어수선한 거라 여기기도 했습니다만은…… 확실히 뭔가 이어지는군요."

"예. 그래서 의뢰를 하려하는 것입니다. 저와 관련하여 저를 노리는 자에 대한 의뢰를요."

"흐음…… 일리가 있습니다. 일리가 있어요."

머리를 굴리는 것인가. 운현이 보기에도 그는 꽤나 심하게 집중을 하고 있는 듯 보였다.

"……의뢰는 이해했습니다. 그리고 분명 맡을 만한 의뢰라는 것도 확실합니다."

"좋군요. 그럼 얼마를 건네 드리면 되겠습니까? 의뢰가 워낙에 광범위하니 꽤 크겠지요?"

암약하는 조직에 대한 조사 의뢰다.

또한 굉장히 큰 조직일 수도 있었다. 그런 조직에 대한 조사라면 표사를 모집할 때와 달리 그 이상의 돈이 들지도 몰랐다.

'그때가 금자로 오십 냥이었던가…….'

그 이상의 돈이라니, 운현으로서도 꽤나 출혈을 각오해야 할 돈이다.

워낙 많은 돈을 사용하고 있는 그인지라 꽤 아픈 출혈이 될지도 몰랐다.

'어쩌면 모자랄지도…….'

운현이 그리 생각하고 있을 찰나. 셈이 끝난 것인지 이성하라는 자가 먼저 입을 열었다.

"의뢰비는 생각 외로 낮을 수도 있겠습니다."

"낮다니요?"

이게 무슨 말일까.

기껏 표사를 모집할 때와는 그 차원이 다른 일이다. 그런데도 의뢰비가 낮다?

개방이 자신에게 빚을 지고 있다면야 또 모르겠지만, 그건 아니지 않은가. 이해할 수 없는 말이다.

하지만 그의 생각은 다른 듯했다.

"이번 의뢰는 신의님이 의뢰를 하시기 전에 응당 개방이라면 알아내야 할 정보로 판단됩니다."

"정파로서 말인가요?"

"예. 신의님 이전에 개방이 알아야 할 정보입니다. 또한 이미 어느 정도는 조사하고 있던 일이기도 하였지요."

'그런 건가…….'

운현과 관련하여 있던 일련의 사건들.

강시, 산적. 자연재해나 다름없는 역병을 제외하고 그 둘만 보더라도 호북성이 크게 울리던 그런 일들이다.

그러니 개방으로서는 본래부터 알아야 할 정보이기는 했다.

"그러니 따로 의뢰를 한다 해서 실비가 크게 들어가거나 하는 것도 아니게 되는 거지요. 본래부터 하던 일이고…… 또한 신의님의 의뢰시지 않습니까?"

"흐음……."

"하핫. 너무 깊게 생각하실 것도 없습니다. 신의님의 의뢰는 최소한의 돈만 받으라는 엄명도 윗선에서 이미 내려진 터라서 말이지요."

"……이유라도 알 수 있겠습니까?"

이유 없는 선의는 없다. 아무리 개방이 정파라지만, 이건 좀 석연찮았다.

"이유랄 것도 있겠습니까? 역병 때에 저희도 받은 은혜가 상당합니다. 많은 놈들이 덕을 봤습지요. 하핫."

"……그렇군요."

역병의 치료 때에 거지들도 있긴 했다. 그들을 치료하는 것도 당연. 그것이 복으로 작용한 것인가?

'어째…… 토사곽란 치료가 오히려 내게는 복이 된 형국이군.'

선의로서 했던 치료가, 두고 두고 자신에게 복이 되어 다가오는 듯하다. 나쁘지 않은 복이다.

"개방의 선의 감사히 받겠습니다."

"하핫. 기억도 해 주시면 감사합지요. 최대한 조사를 해 보겠습니다. 다만…… 일이 일인지라 오랜 시간이 걸릴지도 모릅니다."

"아무렴요. 잘 부탁드리겠습니다. 우선은 상단들부터 부탁드리겠습니다."

"예! 이곳에 와서 처음으로 꽤 바빠지겠군요. 하핫."

의뢰를 맡음에 기쁜 것인가. 이성하가 시원스러운 웃음으로 화답하고 있었다.

우선은 하오문이 아닌 개방에 맡긴다. 그러니 잠시간은 개방과 인연이 쌓일 듯한 상황이라 여기는 운현이었다.

그게 운현이 하는 하오문, 하연화에 대한 배려기도 했다.

"그래? 그리로 가셨다고?"

"응. 아무래도…… 그분 성격답지?"

"그러네……. 아무래도 일부러 우리를 피하신 거겠지?"

"응."

하지만 배려를 한다 하여 배려를 받는 상대가 언제나 배려를 받아들이는 것은 아니잖은가.

누군가의 호의, 배려가 그 대상에게 닿지 않는 경우는 빈번했다.

이번만 하더라도 운현의 배려는 하연화에게 닿기는 힘들 듯했다. 그녀가 그의 배려를 알고도 거절했다.

"흐으응…… 언니, 오히려 이런 배려 덕분에 우리 기녀들한테 점수를 따신다는 것을 알고 하신 걸까?"

"그러실 리가. 그러실 분이 아닌 건 연화 너도 알고 있잖아? 호홋."

"그러시겠지. 정식으로 의뢰를 넣으신 것은 아니지만…… 어차피 그분에게 희망을 걸기로 했으니까."

"희망이라. 도박이긴 하지."

"확실히……."

하연화. 그리고 등산현에 있는 기녀들은 운현에게 희망을 걸었다. 하오문의 천형과도 같은 본질에 대한 희망을.

그러니 그녀들로선 그가 원치 않아도 그를 위해 움직일 수밖에 없다. 그를 위해서, 그리고 그들의 희망을 위해서.

"후후. 그렇지만 어쩔 수 없잖아. 이통표국의 일이야 그분이 움직이지 않으셔서 가만있었지만 이번은 다르지."

"아무렴. 이번은 그럴 수 없지. 애들에게 움직이라 할까?"

"응. 바로 움직이자."

"그래. 개방보다 빠르려면 꽤 바빠지겠네. 호호."

더더욱 배려를 받을 그녀들이 운현을 위해 움직이기 시작했다.

그들만의 희망을 위해서. 그에게 받은 배려에 대한 대가로. 그리고…….

'신의님…… 휴우.'

그에 대한 묘한 마음으로 함께.

의뢰를 맡긴 개방, 그의 배려를 받아들이지 않은 하오문이 각자 움직이기 시작했다.

때로 가장 중요할 수 있는 정보가 운현을 위해 움직이기 시작한 것이다.

# 第六章
# 살길을 미리 트다

'호북에만 머무를 필요는 없는 거겠지.'

명의가 되겠다는 꿈이 작아 보일 만큼, 별별 일이 발생하고 있는 상황이지만 기운이 없지는 않은 운현이다.

기대하던 상황은 아니다.

다만 일이 벌어졌다 해서 숙이고만 있기에는 이 세상이 호락호락하지 않은 것을 알기 때문이리라.

숙이고, 또 숙이고 참아 봐야 남는 것은 없다. 불합리한 세상에서, 자신에게 불합리한 일이 일어난다 해서 특별한 것도 아니다.

다만 옆에서 죽어가는 자의 아픔보다도, 바로 자신의 손톱 밑에 박힌 가시 하나가 더욱 아프게 느껴지듯 아프기만 한 자신의 일을 해결키 위해 움직일 따름이다.

조금이라도 빠르게, 좀 더 효율적으로 해결을 하여, 손톱 밑의 가시를 뽑아보려 기운을 내 애써 볼 따름이다.

'크군…….'

그 애씀의 요량 중에 하나로 그는 장원을 찾았다.

확장을 여러 번 한, 지금도 확장을 하고 있는 의명 의방보다는 작지만 보통 양민은 평생 살기 힘들 장원이 눈앞에 있었다.

처음 건물을 지은 자가 사치를 좋아했는지 고풍스럽지는 못한 건물 양식이다. 화려했다.

다만 지금 살고 있는 자는 되려 사치를 좋아하지 않는 것인지, 그 화려함이 조금씩 죽어가고 있는 모습이었다.

'성격답군.'

운현은 장원 주인을 그리 평가를 하면서 안으로 들어서기 시작했다. 미리 기별을 넣고 왔는지라, 문지기를 맡고 있는 자도.

"오셨군요. 이리로."

바로 안내를 해 주었을 따름이다.

문 앞에서 소란스럽게 일을 벌인다거나 거추장스러운 과정 따위는 일절 없었다.

방비를 위해서인지, 편함보다는 약간 불편해 보이는 동선을 지나서 안으로 들어가서 보니 얼마 전 자신에게 의문을 제시하던 소녀, 아니 아가씨가 있었다.

그녀는 만개 전의 꽃이었다.

"남궁미 소저."

"신의님이시군요. 기다리고 있었습니다. 이곳에서 뵙는 것은 처음이로군요."

"하핫. 그렇게 되었군요. 가까운데 찾아오는 것은 처음이라니, 묘하네요."

"그럴 수도 있지요. 후후."

처음 볼 당시는 조용하기만 하던 그녀가 지금에 와선 언변이 늘었다. 사람들을 이끌면서 늘어난 것이리라.

'성장해 가는군……. 흐음…….'

남궁가의 직계에서 조금은 먼 그녀다. 그럼에도 저 정도로 성장을 해 나간다라.

그녀가 저 정도라면 가문의 모든 지원을 받는 남궁가는 또 어느 정도일까. 모를 일이다.

오대 세가 중 단둘. 남궁가와 제갈세가를 보았을 뿐이다. 본 곳보다 보지 못한 곳이 더욱 많았다.

하지만, 그곳에서 온 두 여인 모두 어지간한 사내 이상의 능력을 가진 여인들이다.

그런 그녀들을 품고 나아가는 세가라고 하는 것은, 자신의 생각 이상으로 대단한 곳일지도 몰랐다.

그녀를 평가하고 있으려니, 그녀로서는 밀린 일이 있는 것인지 용무부터 꺼내고자 했다.

평소 한가해지면 운현을 찾아올 때와는 다르게, 집무를 보고 있는 이 순간만큼은 바쁜 듯했다.

"기별을 넣고 공적으로 찾아 오셨다는 건…… 제가 아닌 남궁가에 요청이 있다는 것이겠지요?"

"예. 솔직히 말씀드려서 남궁가의 호의에 조금 기대야 할지도 모르겠습니다."

"신의님께는 가문, 그리고 아버지께서 빚이 있는 터. 어느 정도의 요청은 제 선에서 해결해 드리라 들었습니다."

남궁가의 호의인가. 그들은 빚을 잊지 않는 듯했다.

"흐음…… 반쯤은 농으로 드린 것이긴 하지만 좋게 받아들이겠습니다. 하핫."

"얼마든지요. 어떤 호의를 바라시는 건가요? 형의문을 돕는 쪽? 아니면 표국을 돕는 쪽인 건가요?"

그녀가 눈을 빛낸다. 귀찮은 기색은 없었다. 자신이 운현을 도울 수 있다는 것에 만족감을 느끼는 듯했다.

"하핫. 그 둘은 제가 해결은 해야겠지요. 직접적으로는요. 하지만 간적접인 도움 정도는 바라볼까 합니다."

"간접적이요?"

"예. 남궁가 정도 되어야 도울 수 있는 문제지요. 이번 일로 여러 가지로 선을 늘려야 한다는 생각이 들었으니까요."

"선을 늘리신다라……."

이통표국, 그리고 자신은 오직 호북에만 신경을 썼다.

성 하나로 나라를 자처하던 곳이 중원이니만치, 성 하나만 하더라도 그 규모가 크기는 했다.

그러니 호북성 하나에만 집중을 했다.

하지만, 지금까지 일어났던 일들과 앞으로 일어날 일들을 여러모로 생각을 해 보자면 호북에만 집중하고 있어서는 안 됐다.

'이를테면…… 분산투자를 해 둬야겠지. 호북에 조직이 있는 듯하니까.'

누군지도 모를 조직. 하지만 자신을 공격하는 조직은 호북을 중심으로 활동하고 있다.

그렇기에 호북을 중심으로 움직이고 있는 자신의 의방과 이통표국에서 여러 가지 수작과 공격을 당할 수밖에 없게 되는 것이다.

같은 곳을 본거지로 삼기만 해서야 아직은 작다 할 수 있는 이통표국과 의방으로서는 공격만 당할 수밖에 없다.

그래서는 안 됐다.

저들을 이겨내기 위해서, 언제가 찾아내어 그들을 토벌해 버리기 위해서는 밖에서부터 세력을 끌어 올려야 했다.

남궁가의 무사들을 요청하자는 그런 낮은 수준이 아니다.

그리하면 형의문의 일 같은 것 따위야 쉽게 해결을 하겠지만, 그래서는 결국 남궁가의 영향력 아래에 놓일 수밖에 없게 된다.

남궁가의 아래에 들어가는 걸로 만족하려 했다면, 차라리 호북을 아래로 두고 있는 제갈가나 무당에 도움을 청했을 거다.

남궁가를 선택한 이유는 따로 있다. 무당이나 제갈과는 다르게 먼 곳이며 협조를 요청할 호의가 있기 때문이다.

그 호의에 기대어서.

'어디까지나 동등하게…….'

거래를 해야 했다. 당장에는 약간 손해를 볼지도 모르지만, 최대한 득을 볼 수 있도록 해야 했다.

호북성 내에서만이 아닌, 여러 다른 성에서도 끈을 연결해 둠으로써 외부로부터 부와 무력을 쌓아야 했다.

운현은 그러한 상황을 남궁미에게 설명했다. 자신의 생각과 함께.

"……해서 남궁가에도 분명 이득은 될 것이라 여깁니다. 영약에서부터 시작하여, 여러모로 거래할 거리는 늘려 가면 되겠지요."

"신의님은 자신의 것을 활용하실 줄 아는군요. 상인도 아니신데, 시야도 넓으시구요."

그런 건가.

하기야 단순히 호북에 눈을 두고만 있는 자는 많다. 자신은 단지 그 이상으로 나갔을 뿐이다.

살아남고자, 그리고 자신을 건드리는 자들에게 한 방을 먹이고자.

"……이 부분은 제 선에서 해결할 만한 일은 확실히 아닌 듯하네요."

"그렇습니까?"

"예. 단순히 일회성에 그칠 일이 아니니까요."

자신이 원한 것은 지속적인 거래. 남궁가에게도 득이 되며, 자신에게도 득이 될 만한 끈을 연결하는 일이다.

그녀의 말대로 작지만은 않았다. 일회성도 아니다.

"이해합니다."

"최대한 빠르게 기별을 넣어 보도록 하겠어요. 아무래도 답은…… 추측해 보자면 호의적이겠지요? 나쁘지 않을 거예요."

"그럴 거라 생각했습니다. 그러니 이렇게 찾아온 것이기도 하지요. 일방적으로 손해만 봐서야 좋게 관계가 이어질 리

없으니까요."

"좋은 말씀이시군요. 그럼 바로 본가에 기별을 넣어 보겠습니다."

"부탁드리지요."

공적인 업무는 이것으로 끝이다.

그녀는 남궁가의 자제로서, 자신은 이통표국의 자제이자 의명 의방의 운영자로서 한 대화는 여기까지란 거다.

그리고 잠시간은……

함녕의 일을 해결하려 움직이기 전에 그녀와의 대화로 잠시 휴식을 취해 보는 운현이었다.

*　　*　　*

우 단주와 형의문 문주는 운현의 의방을 나선 뒤로 쉼 없이 몸을 놀렸다.

형의문 문주야 당연하고, 호신 수준밖에 익히지 못한 단주조차도 내공이 고갈되도록 달렸을 정도다.

"업히시지요."

"꼴이 초라하구만. 알겠네. 휴우. 어서 가지."

상단이나 형의문이고 할 것 없이 당장이 급하지 않은가.

운현이 말한 대로 당한 것을 복수라도 하려면 힘이라도

비축해 둬야 하니 당연한 움직임이었다.

내공이 차게 되면 같이 달리고, 둘 모두 내력이 떨어지면 심법이라도 돌리며 주파하고 있는 둘이다.

오직 앞으로.

뒤는 생각지도 않은 듯, 주변은 살피지도 않으면 함녕을 향해 가는 그들의 모습은 위태해 보이기만 했다.

"얼마 안 남았소, 우 형. 힘냅시다."

"하악…… 젊을 시절에나 이리 쏘다녀 봤지 않던가. 힘들기는 하구먼. 그래도 자네는 아직 정정하군?"

"하핫. 문주 아닙니까. 이래 봬도. 젊을 때가 좋기는 했지요. 그래요. 어쨌든 갑시다."

이통표국이 함녕과 등산을 오고 가며 산적들을 제대로 처리해 놓지 않았더라면, 산적에게 좋은 먹잇감이 됐을지도 모를 모습이었다.

밤낮을 모르는 채로, 당장에 수명이 깎일 정도로 달린 그들은 단 며칠 만에, 표행보다도 더욱 빠르게 함녕에 도착했다.

길지도 않은 시간 만에 온 함녕.

둘에게는 고향이건만, 고향이 주는 아늑함보다는 낯선 감정이 먼저 들었다.

그들의 편이라 여기던 고향이 편이 되기는커녕, 고난만을 주었으니 그들의 감정이 묘한 것도 이해는 갔다.

"내 평생 이리 빠르게 움직인 것도 처음이군……."

"우 형도 고생하셨소. 후우…… 이제 시작이겠군요."

마지막 동아줄이라 여겼던 운현이 도움을 주었다.

그들에게는 잠시의 인연이 있던 신의가, 자신들을 애써 외면하던 많은 이들과 달리 큰돈을 건네어 준 덕분이다.

게다가 단주의 봇짐에 고이 모셔져 있는 오행환은 그에게 있어 최고, 최후의 무기나 다름없었다.

'이것만 있으면…….'

힘을 낼 수 있다. 복수를 할 수 있을지도 몰랐다. 망하지 않을 수 있다.

느껴지는 여러 감정만으로도 충분하지 않은가. 전에 없던 희망이 생긴다는 것만으로도 둘은 고되기만 한 발을 놀릴 수 있었다.

"난 먼저 상단에 가서 정리를 하도록 하겠네."

"그럼 저는 바로 아이들을 데리고 오도록 하겠소이다. 지켜야 할 거 아니오?"

오행환은 희대의 영약은 아니나 지킬 가치는 있는 것이었다.

"하핫. 그것도 그렇겠구먼. 팔기 시작하면 온갖 승냥이 떼가 덤벼들겠지."

"금방 가겠소이다."

"휴우. 쉬라는 말은 못하겠구먼. 그럼 있다 보세."

"우 형부터 먼저 쉬고 계시오. 욕봤소이다."

고된 몸이지만 뜨거운 가슴에는 칼을 갈며 잠시 흩어지는 둘이었다.

"문주님! 해결은 된 것입니까?"

"그래. 다행히도…… 우선은 설명은 가면서 하지."

"예? 예!"

자세히 설명을 할 시간도 없었다.

자신이 떠난 동안 문파는 별일이 없었던 듯하지만, 우상하의 상단까지 아무런 일이 없을지는 두고 볼 문제였다.

그렇기에 문주는 설명은 뒤로 미룬 채로 사람들을 이끌고 바로 우 단주의 상단을 향해 갔다.

'……제대로 온 건가.'

불행인지, 다행인지 무사들을 이끌고 우상하가 이끄는 원일 상단을 가서 보니 잔뜩 사람이 몰려 있었다.

"단주! 그러니까 돈은 어떻게 되는 것이오?"

"내 내주겠다고 하지 않았는가? 며칠이면 될 것일세."

"그걸 어떻게 믿는단 말이오?"

단주의 밑에서 일하는 상인들일까.

지난 시간 동안 월봉을 받지 못해서인지 그들의 기세는 제법 매서웠다.

희망이 없다면 모를까, 운현의 도움으로 희망을 가지게 된 우 단주 또한 그들에게 지지만은 않았다.

전처럼 돈이 전혀 없다면 모를까, 지금 같은 상황에서까지 밀릴 이유는 없었다.

'기선을 잡아야 한다.'

상황을 보아하니 자신이 고용하던 이들에게까지 마수가 뻗쳐 있는 듯하다. 자신이 등산현으로 갔을 당시에 수작을 건 것이 분명했다.

그러니 유약한 성격을 가진 그도 더 뒤로 물러나지 않는 것이었다. 다만 문제는,

"그러니까 당장 달란 말이오. 여기 있는 우리라도!"

"……자네들이라도 말인가? 한솥밥을 먹는 다른 사람들은?"

"모르겠소이다. 그 사람들이야 여기서 떡을 치든, 장을 보든 알바 아니고. 우리는 어서 받고 가야겠소이다."

그의 태도는 절대 윗사람을 대하는 자의 태도가 아니었다. 되려 그가 상전이라도 된 듯 윽박을 지르고 있었다.

내용도 가관이었다.

지금껏 그들을 가르치고, 같은 상단에 몸담은 자로서 월봉을 주던 자가 바로 단주 자신이 아니던가.

다른 이들은 몰라도 자신의 사람들에게만큼은 내심 대우를 잘해 주고 생각하고 있다 여기던 자신이다.

그런데 어딜 간다는 말인가? 그 사이에 새 일자리라도 구했다는 말인가?

"어딜? 어디를 간단 말인가?"

"다 갈 곳이 있소이다. 크흠……."

"잘해야 며칠 뒤면 밝혀질 일이겠지. 그래…… 그렇겠지."

자신의 인덕이라고는 이 정도밖에 안 되는 것인가. 그래도 남은 자가 반수는 되는 듯하니, 다행이라면 다행이었다.

'며칠 기다리고 설득을 하고 할 필요도 없겠군. 이미 돌아섰어. 휴우…….'

그는 운현으로부터 받아 들은 돈의 일부를 보이며 말했다.

"주겠네. 내 전장에 가서 환전을 하고 바로 돈을 주도록 하지. 되었나?"

돈을 준다는 것에 놀란 것일까.

모여 있는 자들의 역할은 하나다. 없는 돈을 만들어 내라 떼를 써야 하는 역할을 해야 했던 것.

그런데 돈이 없어야 할 그가 돈을 꺼내어 휘—휘하고 휘두르니 돈을 달라 따지던 사내들로서는 내심 움찔했다.

눈앞의 돈 앞에 장사가 없다 하던가.

소리를 지르던 치가 조금은 수그러들어 묻는다.

"……돈이 있었소이까? 그러면……."

"알 바 없지 않은가. 내 오늘 내로 꼭 밀린 월봉은 줄 터이니 어서 썩 물러가게나! 다시는 상단에 발을 들이지 말고!"

"아, 거참…… 알겠소이다."

"썩 꺼지게!"

사람들을 선동하던 사내, 이 상단으로 일을 하러 들어온 지 얼마 되지도 않던 사내가 그제야 물러선다.

돈을 달라 하니, 돈을 준다는데 여기서 더 소란을 키울 명분 따위가 있을 리 없었다.

"대체 어디서 돈을 얻었담? 이거 참……."

"줄을 잘못 선 게 아닐지…… 하……."

우 단주가 생각지도 못하게 돌파구를 얻어와서일까.

선동을 하던 자가 주춤하는 기색에 그와 함께하던 자들의 머리로 무언가 잘못되었다는 생각이 스쳐 지나가고 있었다.

우 단주의 상단이 썩은 동아줄이라 여겼건만, 어째 더욱 튼튼한 동아줄이 되어 온 느낌이니 쌔한 느낌이 들고 있는 것이다.

"휴우……."

그런 자들을 바라보며 한숨을 쉬고 있는 우 단주에게 형의문 문주가 다가왔다.

"욕봤소이다. 어디로 가는지야 며칠 살펴보면 될 일이고. 이제부터 시작 아니겠습니까?"

"그렇겠지."

"그래도 형님이 평소 인덕은 있었나 봅니다? 반이나 남았으니 말이오. 하핫."

"반이나 남은 것인가. 허헛. 그래. 그럴지도…… 무려 반 아닌가. 돈도 못 줬는데 말이지."

우 단주는 문주의 말대로 우선은 힘을 내기로 했다. 그의 말대로 반이나 남은 것이 아닌가.

'반만 남은 것이 아니다…….'

반이나 남아 자신의 편이 되어 주고 있다. 그들도 수작을 당했을 터인데도, 남아 주었다. 의리를 지켜 준 것이다.

그 정도면 충분하지 않겠는가.

"당장에 판매를 시작하지!"

"지금부터 말입니까?"

"그래! 신의님이 오시기 전에 우리도 뭔가 해야 하지 않겠는가. 당장 하세!"

위기를 겪으면 사람이 변한다 하였던가. 그도 아니면 잠재력을 가진 자의 잠재력이 깨어난 것일까.

희망이 없던 채로 지난 시간을 견디고, 생각지도 못한 일로 시달리던 단주다.

상단을 이끄는 자치고는 유약한 성격에 손해도 자주 보았던 그의 눈빛이 일변했다.

전처럼 유약한 자의 눈빛도, 아버지로부터 물려받은 상단의 재산에 기대어 살아가던 반무능아의 모습도 아니었다.

운현의 앞에서 하소연을 하며, 정신없는 태도를 보이던 그가 잠시의 시간 만에 사라졌다.

단주.

진정으로 한 상단의 단주에 맞는 눈빛을 가지게 된 그였다.

'그래. 반. 그 반이나 남았으니, 새로 시작할 수 있지 않겠는가.'

봇짐으로 있는 오행환. 그것이 자신의 무기.

지금 이 순간만큼은 다른 어디서도 팔리지 않는 오행환을 무기로 일어날 것이다. 아니, 그 이상을 보일 셈이다.

아버지로부터 배워 왔던, 못나기만 했던 상재를 가지고서.

그리고 신의가 오게 된다면, 그때는 그에게 한 손을 거들리라.

"움직이세!"

일변한 그가 힘을 내어 움직이기 시작했다.

# 第七章
# 다른 암수(暗數)

오행환.

많은 사람들이 신의가 만들었다며, 말로만 전해 듣던 오행환이다.

이통표국에 적을 두지 않고서야 구할 수도 없는 것이며, 장복만 하면 효능이 강하기로 유명한 것이 오행환이다.

게다가 운현이 오행환을 한번 만듦으로써 끝을 내는 것이 아니라, 해가 지나갈 때마다 강화를 한다는 소문도 돌지 않았던가.

실상은 내성이 생기는 것을 막기 위해 한 행동이었으나, 사람들에게는 신의가 온힘을 쏟아 만든 약으로 보일 따름이다.

그런 오행환이 풀렸다. 그러니 원일 상단에서도 대박이 날 수밖에.

가장 먼저 찾은 자들은 상인들. 그들은 정보가 빨랐으며, 돈 냄새를 맡을 줄 알았다.

당장에 거래를 끊던 자 중 일부가 염치불구하고 원일 상단을 찾았다.

"대량 판매는 안 되오이까?"

"안 되오."

"허어…… 우 단주 이러시지 마시고…… 우리 사이에……."

"하…… 우리 사이가 무슨 사이란 말이오?"

"커흠……."

유약한 성격의 전이었더라면, 다른 상인의 말을 들어줬을지도 모른다.

좋은 게 좋은 거라고 여기면서 약간은 손해를 보는 거래도 때로는 들어 주기도 했던 우 단주다.

하지만 그 일이 있고 나서부터 사람이 변했다. 나쁘게 변한 것이 아니다. 철두철미해졌을 따름이다.

상인답게, 이문을 따지며 셈을 할 줄 아는 정도다. 그 정도로도 충분했다.

"한 사람당, 한 달 분을 판매하는 것으로 이미 이야기가 끝났소이다. 사기 싫소이까?"

"그래도……."

"싫으면 마시오. 이미 이곳 무인들은 물론이고, 주변에 있던 무인들도 구매하고자 나선 지가 오래이니."

물건을 가진 자는 원일 상단의 우 단주 쪽이다. 다른 이들로서는 아쉽기만 한 상황.

"……그럼 같이 온 자들하고 구매하는 것은 괜찮겠소이까? 여섯이 함께 왔으니……."

"뭐 소속이 같기는 합니다만은 그 정도는 넘어가 드리지요. 여섯 달 분을 드리면 되겠구료?"

"……그렇소이다."

"하나당 은자 석 냥. 서른 알이니 은자로만 구십 냥이고. 다시 여섯이니 금자 닷 냥에 은자 육십 냥이겠구료."

"맞소이다. 꽤 되는구려."

"아무렴. 이곳에서만 판매하는 것 아니오. 게다가 이 정도 영약에 한 알당 은자 두 냥이면 싸디싸지!"

비싸 보이기는 하나, 분명 싸다.

운현이 내성 때문에라도 시간이 지나면 지날수록 여러모로 개량을 해 온 것이 오행환이다.

내공심법에 따라 다르기는 하지만, 오행환을 장복하며 심법을 돌리게 되면 전보다 효율이 좋아지지 않은가.

한 번에 육십 년 내공씩 올라가는 대환단에 비할 바는 아니지만, 다른 이들보다 배는 빨라질 수도 있다.

게다가 가장 중요한 것은 독점!

운현이 허락한 원일 상단이 아니고서야 오행환을 구할 수가 없으니, 가격이 정도 이상으로 오른 것이다.

모르긴 몰라도 저 상인도 오행환을 다른 곳에 가져다 이문을 붙여 팔면 꽤 이득을 얻을 터다.

심하게 말해서 영약이라면 죽음을 각오해서라도 달려드는 것이 무인이니, 더 붙여 팔아도 될 정도이지 않은가.

찾는 자는 많고, 판매하는 자는 적으니 적정 가격보다도 아래인 셈이다.

"그럼 다음 달에 뵙겠소이다. 한 달에 한 번이니 말이오."

"……알겠소. 유념하도록 하겠소."

"가 보시지요. 멀리 가지는 않겠습니다."

"커흠……."

자존심이 상하는 것인지 마지막에까지 헛기침을 한번 날리고는 가지만 어쩌겠는가.

아마 다음번에는 필요 이상으로 많은 이들을 데려와서, 더욱 많은 영약을 사려고 들지도 모를 일이다.

그런 상인을 보며, 문주가 왠지 염려스러운 표정으로 물었다.

"우 형, 괜찮겠소이까? 다음도 있는 것인데……."

"이미 가호지세 아닌가? 안 괜찮을 것이 뭐 있겠는가."

"그건 그렇소만……."

"괜찮네. 게다가 몰래 다른 일꾼들을 들여다가 오행환을 사재기하는 자 정도는 봐주고 있지 않은가?"

"흐음…… 못된 짓이긴 하지요."

한 사람에 한 달분. 그게 원일 상단에서 못 박은 판매량이다.

그 이상은 아쉽게도 물건이 없을 정도다. 아무리 영약이 작다지만, 봇짐으로 가져 와야 한계가 있는 덕분이다.

운현이 이통표국을 통해서 양을 벌충해 준 덕분에 한시름 놓기는 했지만 여전히 부족한 양이다.

그럼에도 사람들은 뭐가 그리 욕심이 나는지, 영약과 전혀 상관없는 사람을 시켜 약을 더 구매하고는 했었다.

이 정도는 알고도 넘어가준 우 단주다. 막기만 해서 능사가 아니니, 모른 척 어물쩍 넘어가 준 것이다.

"그 정도면 된 걸세."

"뭐…… 소제가 상행은 잘 모르니…… 그런가 보다 합니다만은…… 위태위태해 보여서 그런 겁니다."

"그렇던가?"

"전과는 많이 달라져서 그렇습죠."

"달라져야지. 당하고만 살 수는 없지 않은가. 암! 신의님이 오시기 전에 내 성세를 끌어 올릴 터이니…… 두고 보게나."

오행환을 통해 벌어들인 금액 전부가 자신의 것은 아니다.

운현은 별 말을 하지 않았지만, 우 단주에게 오행환으로 벌어들인 수익은 빚일 따름이다.

제대로 된 상인이라면 빚을 갚고자 하는 것은 당연한 일인 터.

'조금만 더 모으면 될 게다…….'

그는 단순히 수익을 나누는 것을 떠나 이자까지 함께 갚으려 준비를 하고 있었다.

상인으로서, 수익을 내어 빚을 갚고자 하고 있는 것이다. 그가 자신의 빚을 갚고자 열을 올리고 있었다.

*　　*　　*

대박을 친 오행환이 가져다 준 돈은 상상 이상으로 많았다.

봇짐 가득 들어가는 상자 하나, 그 안에 들어가 있는 수백 알의 오행환. 다시금 표국을 통해서 얻은 오행환.

그 수를 더하면 족히 몇 천 알이 넘어가게 된다.

천 알만 하더라도 은자로 이천 냥이지 않은가. 금자로 해도 보통의 돈이 아니다.

운현이 계속해서 의방 확장을 할 수 있는 자금이 어디서 나오는 건지 알 만한 일면이랄까.

지금으로서는 운현에 상관없이 우 단주가 그 어마어마한 자금을 활용할 수 있다는 것이 중요했다.

함녕 제일 상가.

임정 상단.

우 단주 앞을 멋들어진 현판으로 가득 채우고 있는 상가가 크게 보인다.

그의 표국과는 다르게 많은 이들이 오고 가며, 많은 물건들이 함께 움직인다. 같은 상인이나 그로서는 거래를 뚫지 못하였던 그런 곳이다.

같은 현이라 하더라도, 격이 있는 법이며 전통이 있는 법.

임정 상단은 같은 현에 있는 상단이 아니라 호북 전체, 나아가서는 중원을 아우르며 움직이는 거대 상단들과 조금이나마 발을 맞추는 그런 곳이었다.

"후우……."

원일 상단을 이끄는 우 단주는 언제나 이곳에 작은 거래라도 할라 치면 가슴이 두근거리고는 했다.

잘 대우를 해 주지 않기도 하지만, 괜스레 자신의 상단보다 더욱 거대한 상단에 주눅이 들었던 것이리라.

주눅이 들어서인지 피했었다.

임정 상단과는 거래를 잘 하지 않았으며, 해 봐야 작은 거래만 함께 했다.

모순적이게도 평소 거래를 잘 하지 않은 덕분에, 이들은 전에 있던 사건에 별로 연루되어 있지 않기도 했다.

자신을 내친 다른 상단들처럼 딱히 거래를 끊거나 한 일도 없다.

그들에게 원일 상단이나, 그들과 거래하는 작은 상단끼리의 일은 신경을 쓸 필요도 없는 작은 일일지도 몰랐다.

'해 봐야지.'

그가 심호흡을 해본다.

여기서 막힌 거래를 다시금 뚫어내지 못하면 함녕을 벗어나 더 멀리 나아가야 할지도 몰랐다.

그만큼 지금의 거래는 중요했다.

"되겠습니까?"

"되어야지. 일회성에 그칠 거래라고 하더라도, 일단 뚫기만 하면 가치가 있지 않겠는가?"

"그렇기야 하겠지요……."

분명 이문은 적을 것이다. 임정 상단은 만만한 곳이 아니다. 하지만 해내야 하지 않겠는가?

물건을 산다. 그것을 잘 관리하여, 상가의 빈자리에 물건을 들이고, 남은 것은 이통표국을 통해 판매를 해 본다.

단순하지만 지난 시간 동안 힘들었던 일이다.

"가지."

"예."

변한 그가 한 걸음 나아가기 위해서 더욱 안으로 들어선다.

*　　*　　*

"예상외로 적극적이군. 좋지가 않아."

호북성 북동쪽의 상단들을 주로 다루는 정운용으로서는 현재의 상황이 상당히 좋지 못했다.

함녕현과 나아가서는 곧 터질 적벽현에 있을 일도 그로서는 꽤 출혈을 각오하고 해낸 일이다.

자신의 영역이 아니고서야, 일을 한다는 것 자체가 어려운 것은 무인이든 상인이든 다를 바 없다.

그로서는 함녕이나 적벽에 벌인 일이 반쯤은 도박에, 상당량의 피해를 감안하고 벌인 일이었다.

헌데 처음에는 잘 돌아가나 싶던 상황이 이제는 생각 이상으로 복잡스레 돌아가고 있었다.

"예상보다 꽤 빠른데…… 으음……."

다행인 점이 있다면, 윗선에서도 그가 벌인 일을 좋게 봐줬다는 걸까. 그 증거로 전에 없던 꽤 많은 자금이 들어왔다.

가짓수도 여러 가지이고, 품질도 좋은 물건도 다수가 있었다. 현물과 돈이 자금이 되는 것이다.

물건들의 종류로 보아하니 산적들이 들끓던 때에 벌어 들였던, 자금 중 일부가 분명했다.

그로서는 자금의 출처야 상관없었다.

계획의 일부대로 자신에게 자금이 들어오면 된 게다. 다만 아직까지 살아남을 구명줄을 잡지 못한 것이 아쉬울 따름이다.

"적벽은 일을 더 벌이기는 힘든 것 같고. 남은 것은 함녕인가…… 총관!"

"부르셨습니까?"

총관도 근래에 들어서는 일이 잘 풀리지 않아서인지, 초췌해 보였다. 우 단주의 초췌함이 여기로 전해진 듯하다.

"그래. 상단들은 얼마나 연락이 되나?"

"거의 연이 끊어졌습니다. 끄나풀로 심었던 자들도…… 상황이 좋지 않아서인지…… 얼마 안 남았습지요."

역시 돈으로 움직이는 자들인가. 윗선에서 자금이 오기까지 잠시의 시간 동안 챙겨주지 못한 것이 큰 듯했다.

'일을 크게 벌리기는 했지.'

단풍, 황강, 악주, 황석, 효감, 한천 현에 이어 넷의 현을 자신에게 끌어들이는 동안 함녕을 제대로 신경 쓰지 못한 것이 패착이다.

지금에 와서는 자금을 주어도 제대로 움직이지 못할 것이 분명했다.

신의가 도와줌으로써 목표로 했던 형의문과 그에 함께하는 곁다리 상단이 함께 세를 일으켰기 때문.

그렇다면 이미 망한 일에 더 투자를 하기보다는 대국적으로 생각해야 했다.

'쐐기를 박으려고 준비한 패거늘…… 아쉽게 됐군.'

할 수 있는 데까지는 해본다. 준비된 패를 다 써보는 것은 장사꾼으로서 기본 아니겠는가.

"돈으로 안 되면 역시 그 수밖에 없지 않겠나?"

"준비해 두겠습니다."

이후원의 아버지가 더 나이를 먹어 곱게 늙는다면 이러한 모습일까.

아니, 이자는 검을 찬 것을 제외하고는 이후원보다도 더욱 말끔해 보였다.

다 늙었음에도, 타고난 미색이 보통은 넘는 것인지, 젊을 적에 여인들을 꽤나 울렸을 만한 얼굴이었음이 뻔히 보였다.

잘 늙은 노인이다. 정파의 영역인 호북성에 딱 어울리는 노인이기도 했다.

그와 마주하고 있는 자가 있었으니, 정운용의 심복인 총관이라는 자다.

그는 문사로 보이는 자신의 본래 모습과는 어울리지도 않게, 나무꾼과 같은 행색을 하고는 노인을 마주하고 있었다.

"슬슬 움직여 주셔야겠습니다."

"결국 그 수밖엔 없는가?"

총관의 말에 노인이 반박을 하여 본다.

"아시잖습니까?"

"하…… 소싯적의 실수가……."

"예. 실수셨지요."

젊은 혈기. 그 혈기를 주체하지 못하여 일을 벌이는 자들은 많다.

때로 그 혈기가 지나치다 못해 폭발을 하게 되면…… 남이 몰라야 할 어떤 일을 벌이는 경우도 심심찮게 있었다.

자신의 것이 아닌 여인을 탐한다든가, 정파의 무인이기에 그 일을 숨기고자 살인을 한다든가 하는 일들.

실상 젊은 혈기에 벌인 일이라고 치부하기에는 심한 일들이 비일비재했다.

겉으로 깨끗해야 하기에 속은 곪아 터지다 못해 썩어버린 자들의 실수 아니 범죄들.

우습게도 그러한 범죄를 일으킨 자들은 꼭 뒤처리를 제대로 하지 못한다. 안 하던 짓을 하니 더더욱 그럴지도 몰랐다.

그게 약점이 된다. 아주 치명적인 약점. 수십 년 동안 쌓아 온 모든 것을 잃을 만한 약점이 된다.

"……이번뿐인가?"

"예. 이번 일만 하면 모든 것을 지울 것을 약조 드리지요. 목격자는 없을 겁니다."

그가 일을 벌이던 것을 목격한 자를 죽인다는 소리다. 그의 평생에 남을 오점이 될 자가 세상에서 지워진다는 소리다.

허나 이제는 나이를 제법 먹은 그도 알 것은 알았다.

처음 그에게 일을 맡기는 것이라지만, 이번이 처음이자 끝이 될지. 진정으로 끝이 될지는 두고 볼일이다.

"선택권이 없는 것이로군."

"그렇습니다. 저희도 급하니 어쩌겠습니까?"

"저 먼 곳에서 활동을 하지 않았던가? 왜 여기 남쪽까지

와서는…….”

다 잊을 줄 알았거늘. 심심찮게 가져다주는 정보 정도면 충분하다 여겼거늘 상대에게는 그것이 아닌 듯하다.

“하하. 저라고 별 수가 있겠습니까?”

“……알겠네. 내 최대한 움직여 보지.”

어차피 자신과 마주하고 있는 자도 누군가의 아래다. 말해 보아야 소용이 없을 터다.

“확실히 해주셔야 합니다.”

“아무렴…….”

정파인으로서 어울리지 않던 짓을 한 대가가, 다 늙은 나이에 새로운 오점이 될 일로 다가오고 있었다.

* * *

운현은 홀로 움직이지 않았다. 아니, 홀로 움직일 수가 없다.

상단과 이통표국의 일을 해결하면서 형의문을 온전히 보호키 위해서는 여러 수단을 강구해야만 했다.

그러니 홀로 움직이기에는 손이 부족할 수밖에 없잖은가.

자연스레 여러 인물을 찾았다. 당장에 몇은 운현이 시킨 일로 다른 곳에 떠나갔지만, 이 사람만은 이곳에서 함께다.

바로 방 약초꾼의 아들이다.

그는 약초밭을 맡고 있는 아버지의 부탁 아닌 부탁을 들어 운현과 함께하게 됐다.

소싯적 방 약초꾼을 꼭 닮은 그는 나이를 제법 먹게 되었지만, 아직 젊어서인지 운현의 걸음을 무리 없이 따라 왔다.

그 앞에 위치한 곳이 바로 함녕. 둘의 목적지다.

"흐음…… 밤이 다 되기는 했지만, 척 봐도 그리 변한 게 없는 듯하군요."

"하하. 그러게요."

토사곽란 때에 가장 먼저 움직였던 곳이다. 시간이 많이 지나지 않아선가. 별로 변한 것이 없었다.

"등산현이 너무 변한 것일지도 모릅죠. 신의님 덕분에요."

"하핫. 칭찬인가요?"

"아무렴요?"

실상 등산현이야 운현 같은 걸출한 자가 있어서 분주하게 변화하는 터.

보통의 현은 오 년이 지나서나, 십 년이 지나서나 별 달리 달라진 것이 없다. 혹 이십 년쯤 지나면 혹 모를 일이긴 했다.

"우선은 어디로 가면 되는 겁니까?"

"형의문이야 사람이 없을 터이고. 원일 상단으로 가야겠지요."

방 약초꾼의 자식, 방운성은 신의라 불리는 운현과 함께 해서인지 잔뜩 들뜬 기색이 역력했다.

"안내를 해드릴까요?"

"하하. 다른 곳은 몰라도 이곳은 괜찮을 듯합니다."

"그도 그렇겠군요. 제가 괜히 열을 올린 듯합니다."

"아닙니다. 감사할 따름이지요."

자신의 일도 아닌데 제 일처럼 하는 자가 많으랴. 부탁을 받고 와서 이 정도 움직여 주는 것만으로도 감사할 따름이다.

"그럼 저는 이야기한 대로 움직이면 되는 겁니까?"

"예. 변동을 일으키려면, 역시 약초꾼분들이 움직여 주는 것이 좋지 않겠습니까?"

미리 계획한 바가 있다.

오행환을 통해서 벌어들인 돈으로, 원일 상단에서 잘 움직여 주고 있다고는 하지만 그 정도론 부족했다.

크게 쐐기를 박기 위해선 그들이 생각하지 못한 방식, 정확히는 그들이 당하지 않을 거라 여기는 방식으로 움직여야 했다.

그에 대한 계획을 세밀하게 준비한 그였다. 핵심은 바로 눈앞의 약초꾼이었다.

"하하. 우리 약초꾼을 높게 쳐주시는 분도 신의님 말고는 어디에 없을 겁니다."

"당연한 거 아니겠습니까? 약초꾼분들이 없어서야 어디 의방이 굴러가겠습니까."

"그렇게까지 생각해 주신다면야…… 저야 감사할 따름이지요. 그럼 먼저 움직이도록 하겠습니다."

"예. 그럼 부탁드리지요."

"그럼 먼저 가겠습니다!"

그는 각 현마다 있는 약초꾼들의 모임에 나갈 게다. 그리고서는 운현이 부탁한 대로 움직여 줄 게 분명하였다.

그가 한 부탁은 약초꾼들에게도 그리 나쁘지만은 않은 제안이었으니까.

"흐음……."

멀리 떨어져서까지 마지막으로 운현에게 한 번 고개를 숙이고서는, 방일운이 저 멀리로 움직인다.

운현과 같이 그도 이곳이 익숙해 보이는 모습이다.

그가 잘 해 줄 것이라고 믿으며, 운현도 한번 마음을 다잡고서는 걸음을 옮기기 시작했다.

"가 볼까. 제대로 해결을 해야지."

그가 원일 상단에 걸음이 닿았을 때.

예상외의 일이 터지고 있었다.

# 第八章
# 가지가지 한다

초저녁이 지나 밤.

농업에 종사하는 자들은 새벽부터 일어나야 하니, 한참 잠에 빠져 있을 시간.

허나 상인에게는 하루의 마무리를 지을 한창일 시간이기도 했다. 정산이라는 가장 중요한 시간이 있는 덕분이다.

해서 상인들의 하루는 농부들의 하루보다는 길어질 수밖에 없었다. 그렇다 해도 인적이 드문 것은 어쩔 수 없는 이야기.

그 가운데에, 수상해 보이는 움직임이 있었다.

"설마……."

운현에게 애써 신경을 쓰는 것인가. 그도 아니면 운현을 보지 못한 것인가.

어느 쪽이던 운현으로서는 상대를 탐색할 만한 시간을 벌 수 있었다.

'상투적이네…… 그래도 효율적이긴 하겠군.'

예상을 빗나갈 생각은 전혀 없는 것인지 그들은 복면을 하거나, 하고 있었다. 전반적으로 준비를 하는 모습이었다.

가까이에 있는 원일 상단, 밤에 가까워 인적이 드문 시간, 그 중에서도 잘 보이지 않을 곳에서 준비를 하고 있는 모습.

뻔하지 않은가. 이들은 암습을 노리고 있었다. 의방에 쳐들어 왔던 산적들과 같은 짓이다.

나름 치밀하다 생각하고 하는 일이겠지. 수가 많지만 않았더라면 운현에게 걸리지 않을 법한 상황이었다.

'반수는…… 어딘가 어색하기는 하군…….'

상관은 없다.

운현은 전에 있었던 산적들의 침입 당시를 회상하며 부글부글 끓어오르기 시작하는 속을 조심스레 달래었다.

그러고는 재빠르게 상단을 입구서부터 지키고 있는 형의문의 문도들 중 하나에게 전음을 날렸다.

[문주께 암습이 올 것이라 하시오.]

"예?"

어수룩하게도 답을 하다니!

잘해야 이류 정도 되는 실력으로 이런 경험은 없는 것인가. 아니면 초출인가.

하기야 근래의 일을 제외하곤 평화로운 호북성이나 다름없으니, 반응이 어색한 것도 이해는 간다.

'이래서야 역습은 꿈도 못 꾸겠네.'

유비무환이라는 말이 있듯 준비를 하면 피해를 줄일 수 있다. 준비를 하면 희생을 줄일 수도 있다.

있을 희생도 없게 만들 수 있는데, 아쉽게도 형의문 문도 중에서는 재간을 부릴 줄 아는 자는 당장 없는 듯했다.

암습이라 믿고 있는 자들에게 역습을 취하려 했건만, 이래 되면 방법이 없다. 자신도 상투적으로 나갈 수밖에.

운현은 이 갑자에 가까운 내공을 끌어 올려 크게 외쳤다.

"적이다! 원일 상단에 적이 쳐들어왔다!"

"어어엇!"

"엇! 어서 위로 알려!"

"예, 옙."

문지기가 반응을 하고, 뒤를 이어 암습을 취하려던 자가 움찔하는 것이 보인다.

촌극이다. 경험이 부족한 문지기와 암습에는 약해 보이는 자들이 만드는 촌극.

"쳐라! 어섯!"

"목표만 잊지 않으면 된다!"

반응은 문지기가 먼저, 그 다음은 움찔했던 자들이 반응을 보였다.

"거창하게 목표씩이야……."

무공을 뽐내고 싶어하는 성격은 아니지만, 적어도 지금은 자신이 나서야 할 때였다.

그렇기에 운현은 몸에 내공을 잔뜩 불어 넣으며 달려가기 시작했다. 목표는 암습을 한 복면인들이다.

*　　*　　*

'대략 삼십이 좀 넘는 수인가.'

수는 많지 않았다. 하기야 암습을 취한답시고 나서려면 보안도 철저해야 할 터. 많은 수가 나서기는 힘들 거다.

그래도 적긴 적은 수다. 조금이지만 암습을 하는 치들끼리 소란스러워져 가는 가운데.

"저놈부터 쳐라!"

그래도 그들을 통솔하는 자는 제법 제정신(?)을 가진 것인지 우선순위를 매길 줄 알았다.

"어섯!"

“옙!”

“일부는 나를 따른다!”

열 정도가 통솔자를 따라 움직인다.

나머지는 짧은 거리에 보법을 펼쳐 달려오는 꼴을 보아하니 이류가 다수, 일류가 소수다.

“흐음…….”

그래도 스물이 넘는 수다. 전이라면 무섭게 느껴질 법한 모습.

하지만 현재에 이르러서 내공만큼은 갖출 만큼 갖춘 운현으로서는 상대할 만하다 느껴지는 모습이었다.

‘열 정도는 처리해 줄 수 있겠지.’

암살일지, 화재일지.

어떤 방식으로 쳐들어왔든 간에 문지기들이 분주히 보고를 올리러 갔으니 그 정도는 막을 수 있을 거다.

자신은 앞의 자들만 상대해 주면 될 터.

스르릉―

이제는 애검이나 다름없게 된 아버지로부터 받은 검을 자신감 있게 뽑아드는 그였다.

“……!”

상대도 검을 사용하는 문파인 것인가.

어느샌가 검을 빼어 들고서는 운현에게 검을 휘두르고 있었다. 그 형(形)이 제법 자연스러웠다.

기초를 중시하지 않는 정파 무사들이나 낼 법한 자연스러운 선이 그의 앞에 있었다.

"정파인가……."

"……."

답은 하지 않았으나, 움찔했다. 그것으로도 답은 충분했다. 놈들은 정파인이다.

그것도 형을 제대로 익힌 정파인이다. 무림의 정의를 지키겠다고 나선 자들이 이 따위의 일을 벌이다니.

세상 정말 말세나 다름없지 않은가.

"못난……."

운현은 진정으로 그리 생각하며 함께 검을 휘두르기 시작했다.

이통표국의 진신 절기인 의형검법이 그의 손에서 춤추기 시작한다.

제압을 위해서는 빠름보다도 무거움이 나을 터.

묘리를 완전히 이해를 하지는 못했으나, 제법 응용을 하게 된 중의 성질을 활용하여 본다.

오랜만의 실전이 그에게는 연습판이 되어버린 셈이다.

"닥쳐랏!"

상대는 운현의 말에 잔뜩 열이 난 것인지 뽑아든 검을 힘껏 휘둘렀다.

멋들어진 한수!

형을 중시하는 것인지, 그들이 휘두르는 검은 경지 이상의 무언가가 있었다.

하지만.

'속이 비었군.'

딱 거기까지.

무공에서 내공과 초식의 조화는 말할 것도 없이 중요한 것이다.

그 둘의 균형은 무인에게 있어 최초, 최후의 화두가 아니던가.

그럼에도 이런 식으로 형에만 치우쳐서야 제대로 된 무인일 리가 없다.

"헛."

상대는 되려 투박해 보이기만 하던 운현의 검에서 느껴지는 거력에 놀란 것인지 얕은 신음을 내뱉었다.

"하압!"

한 명의 무인이 잡혀 있을 틈을 노린 것인가. 그 사이에 합격술을 익히기라도 한 듯 달려드는 이가 분명 있었다.

'어중간해…….'

검에 내력을 주입하여 검을 마주하였던 무인을 밀쳐낸다.

"크앗."

항거불능의 상태에 빠져버린 무인 하나.

운현의 내력을 이겨내지 못해 내상이라도 입었을 것이 분명하다.

그 사이 운현은 밀려난 상대는 신경도 쓰지 않은 채로 옆에서 합격술을 펼치던 무인을 향해 검을 휘둘렀다.

"끅……."

퍼석—

어마어마한 괴력이라도 담긴 거라 여긴 것인지, 상대의 검이 그대로 땅에 쳐 박힌다.

제대로 대응을 하지 못하는 처지다.

'연습은커녕…… 수준이 너무 낮다.'

이들을 제대로 된 무인이라고 봐야 할지를 모르겠다.

그나마 형의문이 지키고 있는 상단을 향해 달려든 열 명은 제대로 되어 보였거늘.

오직 멋들어진 형식에만 취해 있는 자들이지 않은가.

"죽어라!"

그나가 개중에서 군계일학인 자가 있기는 한 것인지, 뒤를 노린 자는 좀 나았다.

하지만 그 정도야.

'어딜……'

운현의 보법 한 번에 허공에 내지르는 헛초식이 됐을 뿐이다.

그래도 제법 날카로운 한 수였다. 수법을 보아하니 표사들의 수법과 비슷. 표사가 아니면 낭인이라도 몇 껴 있는 듯하다.

이런 자들을 상대하는 건 효율보다는 차라리 압도적인 위력이 나았다.

끝을 보자.

운현은 그 상태 그대로 안 그래도 강한 거력이 실려 있던 검에 내력을 더더욱 불어 넣기 시작했다.

고오오—

수기를 사용할 줄 아는 고수를 높게 치는 것은, 피륙으로 만들어진 육체에 기를 씌울 수 있기 때문.

상대적으로 검에 씌우는 것은 그 위력을 떠나 수기를 만드는 것보다 쉬울 수밖에 없었다.

익숙함 그 이상으로 순식간에 만들어진 멋들어진 검기.

자신에 대한 깨달음과 더불어서 만들어진 검기의 매끄러움은 표홀함을 자랑하는 고수의 초식 그 이상의 멋들어짐이 있었다.

"거, 검기……."

그것이면 되었다.

압도.
전체 전력에서 밀릴지 몰라도 기세를 빼앗아 버리는 것.
압도. 그 하나만으로도 상대에게서 전의를 앗아가는 걸로는 충분하고도 남았다.
"……."
그들을 설득할 일장 연설도, 그들이 그리는 멋들어진 초식도 필요 없었다.
단지 행동이 중요할 뿐.
운현이 달려들기 시작한다.
"막앗!"

*　　*　　*

처음으로 적을 압도하는 모습을 보였다.
암습을 훈련한 상대라 할 수는 없는 상태였지만, 분명 좋은 성과였다.
형에만 치우친 자들이기는 했어도 그와 맞붙은 자가 스물.
그들을 제압해 냈다. 단시간에.
'깨달음이 없었더라면 힘들었겠지…….'
이번 전투에서는 검기만 사용했지만, 실제로는 수기도 사용할 수 있지 않은가.

처음 기를 형상화하는 것에 적응을 하고자, 수기부터 연습한 거긴 하지만 언젠가는 그에게 큰 무기가 될 거다.

그런 의미로 자신의 비장의 수라 할 수 있는 수기를 숨겼다면, 잘 숨긴 그다.

'아직까지는 제대로 된 권법도 없긴 하지만…… 흐음…….'

일단은 자신이 익혀 나갈 무공이 중요한 게 아니다.

여태껏 익혀 온 검법과 선천진기를 통해서 승리를 해 낸 것이 중요했다.

"저쪽은 막으러 갈 것도 없겠군."

적이 왔다 소리친 자신의 말이 잘 먹혀든 것일까.

자신이 전투를 끝마칠 때쯤, 형의문이 지키고 있는 원일상단 또한 소요가 끝난 것인지 소음이 모두 잦아들고 있었다.

상단의 안팎 모두 전투가 끝난 셈이다.

"들어가 볼까……."

금의환향(錦衣還鄕) 정도는 못 되어도 승의환향(勝衣歡鄕) 정도는 되지 않을까 싶은 운현이었다.

본래 눈이 빛나는 자였던가?

적벽현의 일을 처리하면서 못 본 사이, 우 단주의 눈빛은 밝게 빛나고 있었다.

본래부터 그러한 것처럼.

다른 이라면 몰랐을까, 횡설수설하던 모습을 기억하는 운현으로서는 꽤 놀라운 변화를 본 셈이다.

'거이기(居移氣)라 해야 하나…… 아니면 괄목상대(刮目相對)인가.'

우 단주가 자신의 자리를 찾아서 변한 것인지, 그 짧은 사이에 성장을 한 것인지는 알 수 없었다.

중요한 것은 앞으로 함께 일해야 할 자가 성장한 것은 분명 기꺼운 일이다.

"신의님께 또 신세를 졌군요. 하핫."

그는 운현이 도왔다는 상황을 쉬이 파악하고 있었다.

운현에게 공손히는 하되, 눈은 살아 있어 눈치를 보는 것은 아닌 상태이기도 했다.

확실히 변했다. 무언가가.

"해야 할 일을 했을 뿐입니다. 시의적절했을 따름이지요."

"그래도 감사할 일입니다. 보아하니, 상대는 저를 노리고 온 듯하더군요. 이가가 없었더라면 힘들었겠지요."

"해야 할 일을 했을 뿐이죠. 우 형."

이가라. 다시금 문주를 친우처럼 편히 칭하는 것인가. 좋은 변화다.

"제가 없던 사이 다시 돈독해지신 듯합니다."

"위기에 처해 보니…… 사람이 가려지더군요."

"확실히 그렇기는 하덥니다."

이통표국도 같은 일을 겪고 있었다.

현재는 열에 가까운 현이 거래를 끊고 표물을 맡기지도 보내지도 않는 상태지 않은가.

그 가운데에서도 이통표국이 어렵사리 버티고 있는 것은, 어려움에도 외면치 않는 자들이 있어 준 덕분이다.

위기에서 옥석이 가려지고 있는 셈이다.

그리고 눈앞에 있는 자들도 생각지 못한 옥석이 될 자들이고.

"중요한 이야기는 슬슬 들어가서 해 보지요. 대부분 제압했겠지요?"

"……아쉽게도 대장으로 보이는 자는…… 제압하지 못했습니다. 송구합니다."

제법 통솔을 하더니, 무력도 제법이었던 건가. 대장 되는 자를 잡지 못한 것은 아쉬울 수밖에 없었다.

그래도 성과가 전혀 없는 것은 아닌지, 자신이 제압한 자들을 추려 보면 될 일이다.

"괜찮습니다. 어차피 찾아내면 될 일이니까요."

"예. 언제고 잡지 않겠습니까. 신의님, 제가 안내를 해 드리지요."

"그럼 감사히 받도록 하겠습니다."

예상치 못한 습격을 제압한 운현. 그가 원일 상단의 제일의 은인으로서 발을 디뎠다.

*　　*　　*

"누추하지만 들어오시지요."

"그럼 실례하겠습니다."

분주한 나날을 보내는 듯, 많은 것들이 쌓여 있는 상태 그대로의 집무실이었다.

'바쁘긴 한가 보군…….'

형형한 눈빛이 빛나는 와중에서도 눈 아래 내려앉은 검은 빛을 보면 꽤 바삐 움직이고 있는 것이 분명할 터다.

집무실의 밖으로 형의문의 문인으로 보이는 자 몇이 앞을 지키고 서 있는 상태로 셋은 자리를 잡았다.

운현은 앉자마자 물었다.

"어디로 예상하십니까?"

"도정의문이 아닌가 합니다. 저희랑은 다른 방식으로 형을 추구하기는 하지요."

속빈 강정이나 다름없는 형(形)이지 않았던가.

그들의 초식은 형을 중시한다기보다는 미(美)를 중시한다 보일 정도다.

"형이라…… 그러한 것을 형이라고 하기에는…… 미흡하더군요."

"본래부터 그러한 문파입니다. 그래도 멋들어진 초식 덕에 함녕의 부잣집 자제들이 자주 찾곤 하지요."

"흐음……."

부잣집 자제들을 강습하기 위한 문파라.

대문파도 아니고 중소문파이니, 그러한 방식도 나쁘지는 않을 거다.

'그래도 이해는 안 되는군…….'

문파라고 하는 것이 무(武)를 숭상함은 당연한 이야기지 않던가.

그런데도 미(美)만 추구한 듯한 초식을 가지고 여지껏 살아남았다고?

운현의 호기심을 채워줄 요량인지 문주 이의문이 답을 해줬다.

"신의님의 눈에는 차지 않는 자들일지 모르겠지만, 그래도 대대로 정예들은 제법 매서웠습니다."

"알 만하군요. 부잣집 자제들을 통해서 돈을 얻고, 그 운영비로 정예를 키우는 식인 겁니까?"

"그런 것이지요. 게다가 부잣집들과의 인맥도 있으니…… 쉬이 건드리기도 힘든…… 뭐 그런 문파입니다."

인맥을 이용하여 살아남기도 하다니 재밌는 문파다. 게다가 정예는 따로 키운다?

'하기야…… 부잣집 자제들은 멋들어진 초식 좀 익히고…… 정예는 정예로서 힘을 키우면 되니. 괜찮을지도…….'

도정의문이라는 곳에 대한 점수를 약간은 상향시키는 운현이었다.

"일단은…… 그런 도정의문이 쳐들어왔다고 하지요. 그런데 그들이 얻을 만한 것이 무엇일까요? 단주님을 노려서 말이죠."

"흠…… 그 부분은 저희도 의문입니다. 공격치고는 너무도 얕은 공격이었지 않습니까? 마치 시선을 끌기라도 하려는 듯한……."

"허……."

시선?

우두머리로 보이는 자를 제외하고는 낭인이나, 어중이떠중이로 보이는 자들이었다.

그런 자들이 시선을 끈다면, 노리는 곳은 따로 있지 않았을까?

이곳 원일 상단을 노리는 것이 아니라면 과연 어디를?

"문주님! 문주님! 큰일입니다!"

형의문이었던가?

형의문이 이곳에 감시를 철저히 하는 동안에, 형의문 본진을 노린 듯하다.

대체 무슨 이유로? 무슨 득을 보자고? 알 수가 없다.

무력을 보여줌으로써 운현이 물러날 것이라고 생각이라도 하는 것인가.

일단 중요한 것은 그게 아녔다.

"제길…… 양동작전이었던 건가."

생각보다 쉬이 물리치기만 했던 적이 형의문을 노렸다는 것이 중요했다.

"일단은 가보도록 하죠."

"후우…… 예!"

속에서부터 올라오는 화를 가라앉힌 듯, 크게 한숨을 내뱉고서는 형의문 문주가 가장 먼저 일어서서 앞장선다.

그들의 뒤로는 어느샌가 따라붙은 형의문 문도들이 함께 하고 있었다.

저들이 노리는 것이 무엇이든, 그것은 당장에는 알 수 없는 상황.

다만 중요한 것은.

'……제대로 해 보자는 거군.'

암습도 마다하지 않는, 저들의 수작질에서 나오는 행태가 마음에 들지 않는다는 게 중요했다.

"저런……."

원일 상단을 나서 얼마 되지 않는 길을 나선 그들의 앞에는.

"어서! 어서 물을 가져와라!"

"어서 꺼!"

화마에 불타오르고 있는 형의문이 그들의 앞을 가득 채우고 있었다.

# 第九章
# 총동원

형의문 세력을 약화시키도록 한 것인가?

원일 상단에서 벌어들인 돈을 소모시키기라도 할 참이었던 것일까?

그도 아니면 무엇을 노렸던 것일까?

많은 생각들이 운현의 머리로 스쳐 지나간다.

"후우……."

밤사이 주변을 모두 잡아먹을 듯 불타오르기 시작했던 화마는, 기어이 형의문을 전부 잡아먹고서야 꺼지기 시작했다.

문파가 불타올랐으니 형의문 문도들로서는 당장에 자신들의 살 터전을 잃어버린 셈이다.

원일 상단에서 형의문 문도를 받아들인다 해도, 그들도 한계가 있을 터.

불편함이 있을 것은 뻔해 보였다.

게다가, 문파의 근원지라 할 수 있는 터가 불타올랐으니 당장 문파가 제대로 돌아가기도 힘들게다.

사람들을 통솔하는 것도 일도 일이다.

하지만 의식주에, 문파에 배움을 청하러 온 자들을 가르치는 것도 문파에게는 꽤 중요한 일이 되는 터.

그런 일들이 모두 화마로 인해서 잠시 멈추게 되었으니, 타격이 없을 수가 없었다.

'내가 온 것을 노렸던 것인가. 아니면 오기 전의 잠시를 노렸던 걸까.'

어느 쪽이든 적이 원일 상단이 아닌 그들을 지키는 형의문에 타격을 주는 데는 성공했다.

"우선은…… 남은 것이라도 정리하고 가도록 하겠습니다. 상단을 지키는 것은 저희가 어떻게든 할 것이니……."

"힘내게."

"예. 힘을 내야지요. 그래야 뭐든 해낼 수 있지 않겠습니까?"

어려울수록 불타오르는 자인 건가.

밤을 지새웠음에도 형의문 문주는 기가 죽기는커녕, 되려 기세가 강해져 있었다.

"……힘내시지요. 상단의 일은 제가 나서서 최대한 해결을 보겠습니다. 문파도, 물론 도와드릴 겁니다."

"물론입니다. 그럼 실례하겠습니다, 신의님."

"예. 먼저 가 보도록 하지요."

운현 또한 그를 위로하기 위해서 진심을 담아 전했다.

잠시의 소강 상태다.

*　　*　　*

"오행환으로 돈을 벌어들이니 저들이 물불을 가리지 않는군요."

"확실히 그렇습니다. 처음부터 거래를 끊을 때부터 알아봤어야 했을지도 모르겠군요."

"예. 이제는 간접적인 방법이 아니라 직접적으로 나선 걸지도요. 흐음…… 하지만 도정의문이란 곳도 결국엔 하수인 격일지도 모르니…… 복잡하군요."

"그래도 해 나가야겠지요."

"예. 그래야지요."

한 발 나아가면 또 한 발. 다시 한 발을 나아가면 또 한 발.

때로 정수보다는 암수가 사용하기 더욱 편하다는 것을 증명하는 듯 그들은 갖은 수를 사용하여 운현을 괴롭히고 있었다.

'아버지도 고생이시긴 한데…… 여기도 난리도 아니군.'

논외적인 이야기지만 이번 일은 직접적으로 국주인 아버지께 말하고 나선 것이 아니다.

그렇기에 이통표국의 일은 국주인 이후원이 처리하고 있는 상태다.

남궁가를 통해 따로 벌이는 일이 있지만, 남궁가로부터 확답을 받은 것은 아니기에 그조차도 말하지 않은 상태다.

'우선 일보는 여기서 딛고……'

그 다음은 이통표국을 통해서 더 이상 공격치 못하게 쐐기를 박는다.

그러고선 개방을 통해 얻는 정보로 자신을 노리는 상대를 고꾸라트리는 것이 그의 계획.

그러자면 역시 상단의 일부터 마무리를 지어야 했다.

큰 계획을 잡고 한 걸음씩 나아가듯, 이곳의 일도 한 걸음씩 나아갈 필요가 있었다.

운현이 이야기를 시작할 찰나 우 단주도 할 말이 있었던 듯 먼저 대화의 장을 열었다.

"어제는 일이 그런지라 드리지 못하였습니다만은…… 이것부터 받으시지요."

크지도 작지도 않은 함이다. 그리고 그 안에는.

“금원보로군요. 꽤 많습니다만은…….”

하나당 금자로만 오십 냥은 나가는 금은보가 쌓여 있었다.

승정환, 오행환에 의방의 수입으로 꽤나 많은 거금을 쌓고는 하는 운현. 하지만 그라고 하더라도 적다고는 느껴지지 않을 만큼 많은 수의 금원보였다.

“오행환 판매금이 이리 나왔습니까?”

“거의 가지신 것들을 전부 털어 주셨지 않습니까.”

“그건 그렇지요…….”

승정환을 만들기 위해서 애써야 할 자들을 제외하고, 의방에 있는 의원들 여럿에 믿음직한 사람들 여럿을 동원해서 만든 오행환이다.

거기에 표국에 주기 위해서 미리 만들어 쌓아 놓은 오행환까지 하니, 그 수가 많은 터.

최소 사천 알. 어쩌면 그 이상.

수없이 많은 오행환이 원일 상단에게로 들어갔고, 지금도 들어오고 있다.

‘확실히 중원 수준의 생산력을 적당히 뛰어 넘기는 했지…….’

장인 한춘석을 통해서 개량할 용기를 구하지 못하고, 미리 여러 의원들과 사람들을 얻지 않았더라면 할 수 없는 기염과도 같은 일이다.

지금껏 운현이 쌓아 놓은 여러 분야의 것들이 총동원되어 생산되고 있으니, 사천알도 많은 수는 아니었다.

"한 알당 은자 두 냥에 판매를 했지요. 그 정도만으로도 구하려는 자들은 많더군요."

"그럴 것 같기는 했습니다만은……."

오행환을 구하려 할 자들은 많다.

무림인들이 오행환을 구하려고 하는 것은 당연한 일. 그들은 재산을 거덜내서라도 영약이라면 구매를 할 자들이다.

의원들도 많이 가세했다 들었다. 무슨 배합을 해서 만들었는지 알아보고 싶었겠지.

그래도 가장 많이 구매한 자들은 일단 돈이 많은 자들일 수밖에 없었다.

아무리 무림인이 영약에 목숨을 건다 해도 당장 많은 돈을 쓸 수는 없는 터.

의원이라 하더라도 개인으로서는 한도가 있는 법이다.

결국 가장 많이 구매하는 자들은 상인이었다.

그들은 가진 돈을 굴려, 돈으로 돈을 버는 자들이지 않던가.

그들은 수량 제한을 두었다고 해도 무슨 수를 써서라도, 때로 이미 구매한 자를 통해서 재구매를 해서라도 사재기를 했다.

'웃돈을 주고 팔겠지. 뭐 상관없기는 하지만.'

대량으로 구매한 오행환들이 어찌 판매될지는 알 만했다.

호북의 전역으로 퍼질 것은 물론이고, 갖은 이유로 비싸게 팔릴 거다.

덕분에 원일 상단으로서는 금원보 여럿을 쌓아 둘 만큼 많은 돈을 일시적으로 얻어낼 수 있었다.

"신의님 덕분에…… 막힌 거래의 대부분을 풀어낼 수 있었습니다."

"다행이로군요."

당장 상단의 위기도 해결해 낼 정도.

거기다 오행환 거래를 빌미로 많은 이득도 남겨낸 우 단주다.

"허락을 미리 받지는 못했지만…… 이문이 남은 돈 중 일부를 거래를 했습니다."

"거래라 하심은?"

"안 돌아가던 상가들에 물건을 돌리기도 하고…… 이통표국을 통해서 몇 거래를 하였지요."

거래라. 좋은 일이다.

"이문은 남으셨습니까?"

"물론입니다. 그렇게 얻은 이문은 여기 있는 것들 중에 하나입니다. 하하.”

“이문을 남기려 한 일이 아닙니다만은…….”

“아닙니다. 상인이니 이렇게라도 갚아야 하지 않겠습니까? 거절치 마시지요.”

“흐음…….”

위기 속에 빛이라도 나는 것인가. 사람이 된 자였다.

운현이 돈을 건넨 것을 투자로 여기고, 그것을 갚다니. 나쁘지 않다.

“그렇게까지 말씀을 하신다면야…… 거절은 않겠습니다.”

“하핫. 다행입니다. 거절을 하신다면 어찌 했어야 할지…….”

운현이 돈을 받지 않았더라면 꽤 곤혹스러웠겠지.

이득을 따져야만 하는 상인으로서는 못난 구석일 수 있으나, 사람으로서는 좋았다.

“투자를 이미 하신 것도 좋습니다. 이문도 감사히 받지요. 그런데 새로운 일도 하나 해 보는 게 어떻겠습니까?”

“새로운 일이라 하심은…….”

“상단이 위기에서 벗어난 것 정도로는 부족하지요. 함께 일 좀 해 주셔야겠습니다.”

장난스러운 말투에 분위기가 약간은 풀어진다. 단주도 긴장이 풀렸던 듯 얼굴에 웃음기가 맺힌다.

“무슨 일부터 하면 되겠습니까?”

"우선은 약초부터 휘어 잡아 보지요."

"약초는…… 저희 상단에서 취급하지 않는 물건입니다만은……."

"저만 믿어보시지요."

약초꾼 방일운. 그가 활약할 때가 왔다.

* * *

형의문의 일을 수습하도록 하고, 상단에서도 그것을 도운 지 며칠이 흘렀다.

그사이 방일운은 함녕현 약초꾼들과 이야기가 잘되었는지, 상단에서 오매불망 기다리는 운현에게 기별을 넣었다.

'그도 성장을 하려면 면을 세워둬야 할 테니까.'

그가 직접 가게 되면 일이 더욱 빨리 처리 될 수도 있겠지만, 방일운의 체면을 생각하여 기다렸던 운현이다.

방 약초꾼의 자식으로 등산을 대표하는 약초꾼이라고 할 수 있는 그이니 챙겨 줄 건 챙겨 둬야 했다.

어쨌건 운현은 그사이에도 여러 일을 동시 수행하고 있는 우 단주를 데리고 함녕의 한 산골짜기로 몸을 들이밀었다.

"하핫. 오셨습니까?"

"오랜만입니다. 그리고 고생하셨습니다."

"고생은요. 무슨…… 좋은 경험이었습니다. 이상스레 약초를 따는 것보다 이게 더 체질에 맞는 듯하더군요."

일을 잘 처리해 준 게 첫째로 다행이며, 그에게 일이 맞아 둘째로 다행이었다.

"좋군요. 그럼 안내를 부탁드립니다."

"옙! 안 그래도 다들 미리 불러들였습니다."

마무리 협상을 할 차례다. 제안을 들었으니 서로 확인만 하면 되었다.

'뭐 계약서는 없으니…… 구두 계약이 되려나.'

안으로 들어서자, 약초 향이 퀴퀴하게 나는 것이 과연 약초꾼들의 모임이라 할 만했다.

구석에 말리고 있는 약초는 누구의 것인지는 몰라도 제법 잘 정리가 되어 있었다.

"이운현이라고 합니다."

"허헛. 모를 리가 있겠습니까? 몇 번 다녀갔었습니다."

"어쩐지 익숙한 분이시더라니…… 그때 왕 약초꾼 분과 함께 오셨던 분이로군요."

"이 늙은이도 기억해 주시는 겁니까? 허헛."

모든 분야에는 어른이란 것이 있다.

합리적이지 않게 보일 수도 있지만 그러한 어른들이라 하는 자는 그 분야에 영향력을 행사할 수밖에 없는 자들이다.

눈앞에 있는 약초꾼들도 함녕 내에서 만큼은 큰 영향력을 행사하고 있는 자들일 터.

함녕에 있는 약초꾼들을 이들이 모두 통솔한다고 봐도 무방했다. 그런 노인을 알아봐 줘서인지 분위기는 화기애애하게 시작될 수 있었다.

"거래를 하고 싶으시다 들었습니다."

"예. 정확히는 제가 아니라 원일 상단과의 거래를 말씀드리는 거지요."

운현에게 파는 것은 상관없는 일이었다.

민심이 운현에게로 가 있었으며, 많은 이들이 운현을 따랐다.

약초 사용량만 하더라도 주변 몇 개의 현을 돌아봐도 운현이 제일이다.

그러니 운현에게 파는 것은 자연스러운 일이다.

하지만 원일 상단은?

본래 약초를 거래하지 않는 곳이다. 굳이 원일 상단에 판매를 할 이유가 있을까?

"흐음…… 이미 주변 의방에 판매를 하는 것으로도 충분하기는 했습니다만은……."

"어르신! 그건 이미 이야기가 된 것이 아닙니까?"

뒤늦게서야 방일운이 나서보지만, 노인은 손짓으로 막아섰다.

"아네. 자네 부친의 얼굴을 봐서 이들을 모았고, 긍정적으로 생각도 하고 있네만은…… 그래도 직접 듣는 것이 낫지 않겠는가?"

"음음…… 과연."

꽤 침착하지 않은가. 한 분야의 어른으로 불리는 자답게, 운현 본인으로부터 이야기를 들어 보려 하는 듯했다.

주변에도 맞장구를 치는 것이 일단은 그쪽으로 분위기가 흘러가는 듯하였다.

"이럴 줄 알았으면 제가 먼저 찾아 뵐 것을 그랬군요."

"아닙니다. 이 노인네도 보고 듣는 바가 있어 신의님이 바쁘신 것이야 이미 알고 있지요. 다만 실례가 되지 않는다면 직접 듣고 싶을 따름입니다."

"좋습니다. 방 약초꾼이 말한 것과 별 다를 바 없는 것이 되겠지만은 못 드릴 이유도 없겠지요."

운현은 그때부터 그들이 원일 상단과 거래를 함으로써 얻을 이득.

그들의 약초를 좀 더 체계적으로 판매할 수 있다는 확신.

그리고 또한 그가 역병이 돌 때, 쌓아 놓았던 민심마저도 함께 언급을 해 나아가며 그들을 설득하였다.

"……해서 원일 상단에 거래를 하게 되면 앞으로 제가 이곳에 의방을 지었을 때도 분명 특혜를 드릴 수 있게 될 것입니다."

"우리가 캔 약초를 원일 상단에…… 그것을 다시 신의님이 구매하신다라. 제가 상인은 아닙니다만은…… 신의님께서 많이 손해를 보시게 되는 것이로군요?"

중간에 유통과정이 끼게 되는 것은 손해로 보일 수밖에 없다.

"당장은 그리 보일 수도 있습니다만은…… 함녕에 완전히 뿌리박지 못한 저로서는 원일 상단이 크게 도움이 되겠지요."

"흐음…… 신의님의 의방이라……."

지역에서 지역으로.

전생과 다르게 지역과 지역 간의 차이가 큰 중원이다.

그런 의미로 원일 상단에 약초 거래를 하게끔 하고, 그를 대가로 새로 만들어질 의방을 쉬이 정착시킬 수 있다면 그것만 한 득이 또 어디 있겠는가.

'일타이피인 셈이지…….'

약초거래 건 하나를 처리함으로써, 상단과 운현 모두에게 득이 되는 일이다.

원일 상단은 위기에서 벗어나 고정 수입을 얻게 된다.

또한 그를 괴롭혔던 상인들에게도 손해를 안길 수 있게 될 거다.

함녕에 있던 대부분의 상단은 원일 상단에 거래를 끊으려 했던 자들이며, 손해를 끼쳤던 자들이지 않던가.

'이미 조사를 해 뒀지.'

그런 자들이 약초 거래가 끊기게 된다면? 당장 그들부터 손해가 나게 될 거다. 그리고 운현으로서는 이번 일을 끝마치고, 본래의 계획대로 새로운 의방을 세우게 될 터다.

호북성 전역에 그의 의방을 세우고자 하는 것은 그의 원대한 목표 중 첫째이니 당연한 일.

새로운 의방에 약초 수급을 원활하게 하고, 상단의 도움까지 받을 수 있다면 그만한 것도 또 없었다.

그러니 이번 거래는 일타 이피, 어쩌면 삼피까지도 되는 그런 행위였다.

"약초꾼들을 대표해서 묻겠네. 자네는…… 잘할 자신이 있는 것인가?"

가만히 운현을 한참 바라보던 노인이 이번에는 고개를 돌려 우 단주를 바라본다.

그의 물음에는 지금껏 약초꾼으로 쌓은 그 무언가가 담겨 있었다.

의심 같은 낮은 수준이 아니었다.

원일 상단이 함녕 전체를 아우르는 약초꾼들을 흡수할 수 있냐는 진지한 물음이었다.

우 단주 또한 약초꾼 노인을 직시하며 그 답을 주었다.

"물론입니다. 기존의 거래 이상의 이문을 제시해드리지는 못합니다만은."

"그렇다면?"

"신의로서 거래를 할 수 있다는 자신은 드리겠습니다. 이미 일을 겪는 것을 보셨으니 아시겠지요?"

"……함녕이 근래에 들어서 복잡하게 돌아가기는 했지."

그도 눈과 귀가 있으니 원일 상단의 일을 모를 리가 없었다.

다만 자신의 일과 상관은 없으니, 모른 척하고 있었을 따름이다.

"예. 그 가운데에서도…… 신의님이라는 동아줄 하나만을 잡고 이리 올라왔습니다. 이 자리를 마련해 주신 것 또한 신의님입니다만은……."

우 단주가 자세를 곧추어 잡고는 말을 잇는다. 확신을 주려는 듯이.

"그 이상이 될 수 있도록 하겠습니다. 상인으로서…… 그리고 한 인간으로서 말입니다. 그러니 도와주시지요. 신의로 보답하겠습니다."

"후음……."

진심인가?

지금의 어려움을 이겨나가기 위해서, 거래 선을 하나 트기 위해서 해 보는 소리가 아닌가?

우 단주라는 자는 과연 믿을 만한 자인가?

어쩌면 자신의 대가 아니라, 후대의 약초꾼들에게도 큰일이 될 수 있었다.

이미 거래하던 상인들을 두고, 원일 상단과 거래를 하게 되면 본래부터 거래를 하던 자들이 해코지를 할지도 모를 일이다.

세상이란 단순하게 일면으로 돌아가는 것이 아니기에, 여러모로 신경 쓸 바가 많기 때문.

단순히 거래 상대를 바꾼다고 해서 그것으로 끝나게 되는 것이 아니기에 이리 고민을 하는 것이다.

그리고 그 답은.

"……알겠네. 신의로 답을 한다면…… 믿어 봄세."

"감사합니다! 감사합니다!"

"허허. 만족을 하시는 겁니까? 신의님?"

현명하게 늙은 자인가.

지식은 없을지언정 지혜는 충분히 많은 자인지 노인이 운현을 바라보며 묻는다.

'한 방 먹었군…… 현인은 어디에나 있는 것이 현인이라더니……'

자신의 민심과 약초꾼들과의 인맥을 이용하여 단순히 약초꾼들과 거래를 하면 될 줄로 알았던 운현으로서는 꽤 놀랄 법한 상황이다.

하지만 그래도 괜찮았다. 본디부터 그들을 등쳐먹거나 뒤통수를 치려 나선 것도 아니잖았는가.

그들의 말대로 신의로 거래를 하면 될 일이다.

"예. 만족합니다. 하하."

"허허…… 그럼 그것으로 되었습니다. 모든 약초꾼이라고는 장담드리지 못해도…… 함녕의 많은 약초꾼들이 원일 상단과 거래를 할 겁니다. 적어도 여기 있는 자들과 그에 관계된 아이들은 모두 하겠지요."

글줄을 읽을 줄 아는 자는 책을 통해서 전승을 하기도 한다.

하지만 약초꾼의 지식이 전승되는 핵심은 아직까지 입에서 입으로다.

무공이 구술에서 구술로도 전수가 되듯, 약초꾼에게는 약초에 관한 지식이 그들의 모든 것이나 다름없기에 구술로 전해지는 터.

그렇기에 그들의 지식은 입에서 입으로 전해지는 것이 막대했다.

그렇기에 자연스레 약초꾼들끼리 모임이 있으며, 그들끼리의 영향력을 행사하는 노인과 같은 자들이 있기 마련.

그런 이들이 직접 나서 준다면?

"나서주신다면…… 확실하겠군요. 그럼 앞으로 잘 부탁드리겠습니다."

"허허…… 최선을 다하겠습니다."

약초꾼들과 거래 성립이다.

그리고 또한 이게 시작.

단순히 약초꾼들만을 통해서 원일 상단을 회생시키고, 그 이상의 것을 볼 수만은 없다.

자신을 공격한 자를 역공하기 위해서는 그 이상의 힘을 갖추어야 할 터.

돈, 무력, 인심. 그리고 정보.

그 모든 것을 아울러 역공을 가할 것이다.

상단을 살려 일보.

약초꾼들과 거래를 시작하여 다시 일보. 새로운 거래를 더 틀어 다시 몇 보.

뒤로 후퇴하였던 일보는.

'형의문…….'

본거지가 타버려 없어지다시피 한, 그들을 되살려 나아가게 함으로써 다시 세 보는 더욱 나아갈 생각인 그였다.

# 第十章
# 몇 보 더 걷다

이성 하에 모든 것을 통제한다 하는 제갈가이지만, 시간의 변화까지는 그들도 통제하지 못하였다.

그 때문인가.

그들의 보금자리인 세가는 시간이라는 가루가 내려앉아져 멀리 북경의 황궁과는 다른 모습의 고풍스러움을 가지고 있었다.

보금자리 가운데 제갈가의 가장 중지라 할 수 있는 곳에 여인 하나가 있었으니 당금의 제갈가보다 더욱 귀한 황녀 주아민이었다.

"흐음……."

제갈가에서 모종의 일을 수행하고 있는 그녀로서는 그 고운 아미가 펴질 날이 없었다.

호북에서만 일어나리라 여겼던 여러 일들이 중원 전역에서 낌새를 보이고 있었기 때문.

단순히 작은 일들이라 치부하기에는 너무 많은 일들이 벌어졌지 않은가.

그것을 해결키 위해서는 북경 관리 전체가 나서야 하건만 소강상태를 핑계로 지지부진한 단계다.

그러니 그녀의 아미가 펴질 날이 멀디멀게만 느껴지는 것도 당연한 일이었다.

그럼에도 그녀의 아미가 잠시지만, 펴질 수 있는 소식이 들어왔으니.

“신의가 진정 그리 움직였단 말인가?”

바로 호기신의 운현에 대한 소식이었다.

“예. 함녕은 물론이고, 자신의 사람을 보내어 적벽 또한 자신의 세력 하에 두는 듯합니다.”

“재미있구나. 지금까지와는 다른 행보이지 않은가.”

무당에 들러 기도를 올리며 협조를 구하고, 제갈가에서 다시금 움직이고 있는 그녀로서는 한 몸으로도 모자랄 만큼 바쁜 상황이다.

그럼에도, 언제나 운현의 소식에는 시선을 두고 있는 터.

그의 소식과 행보에 가장 정통한 이가 있다면 바로 그녀일 게다.

그런 그녀로서도 현재 운현이 보이는 행보는 확실히 예상 밖이었다.

"신약을 만들고, 기물을 만드는 것으로 끝인가 했더니…… 전혀 다른 행보를 보이는구나."

"예. 이미 함녕의 상단들은 거의 좌지우지하는 듯합니다. 적벽은 진행 중이긴 하나, 곧 넘어가겠지요."

"흐음…… 의방에 이어서 상단이라. 재밌구나. 그러면서도 자신이 운영하는 것은 또 아니니…… 좋은 수구나."

"마치 거대 문파가 수족들을 들이는 것과 같은 행보기도 하지요."

운현은 단순히 당장에 터진 일을 해결하는 데만 머물러 있지 않았다.

그 이상.

자신을 공격한 자에게 역공을 하여 궤멸을 시키려는 듯 꽤 적극적인 움직임을 보이고 있었다.

그 와중에 한 번에 여러 일이 터지며, 상황이 복잡다단한 것은 덤이라면 덤이었다.

"표국의 일은 그대로이더냐?"

"예. 그 부분은 자신의 아버지를 믿는 듯합니다. 그래도 신의가 함녕과 적벽을 확실하게 영역하에 두게 됨으로써 숨통은 확실히 틔운 듯합니다만은…… 이 또한 그 이상을 바라는 듯합니다."

그녀의 흥미가 더더욱 더해진다.

'재미있구나. 단순히 의술만 익히는 신의의 움직임이라기엔 전혀 상식 밖이지 않은가.'

적벽과 함녕의 동시 공략. 한 개인으로서 벌일 만한 일이 아닌, 여러 일을 해내고 있었다.

그럼에도 잘하고 있다.

그동안 많은 인물들을 자신의 아래로 두었으며, 인맥을 활용하였고, 또한 그가 쌓아 온 민심을 잘 활용하고 있는 행보다.

치밀하며 빨랐다.

"호오? 그 이상이라 하면 무엇이 있단 말인가?"

"남궁가의 협력을 얻어낼 듯합니다. 아직은 진행 중인 듯하지만…… 곧 그렇게 되겠지요."

"그럴 것이다. 남궁가로서는 신의에게 호감이 있는 상태였으니까."

호북성에 전혀 다른 세력. 안휘성에 있는 남궁가에까지 손을 뻗치는 것인가.

'신의가 무림이 아니라, 정치에 나섰더라면…… 대단했을

지도 모르겠구나.'

그는 자신의 것을 제대로 활용하고 있었다. 다만 그의 방법에도 분명 단점은 있었으니.

"이곳 제갈가나 무당의 반발은 생각지 않는 듯하더냐?"

바로 반발이다.

기존의 호북성을 아우르고 있는 제갈가나 무당파로서는 남궁가가 들어서는 것이 마음에 들지만은 않을 터.

이통표국의 일도 상단과 표국의 영역다툼으로 말미암았듯, 이 또한 미리 생각해 내야 하는 바였다.

'이번 일의 경험으로 허투루 움직이지는 않았을 터.'

뒤이어지는 영철의 말에 황녀로서는 운현이 허투루 움직이지 않았음을 확인했다.

"그 또한 따로 일을 벌이려는 듯합니다. 무당에는 영약을 보냄으로써 영향 하에 있다는 것을 확인을 시켜줄 듯합니다."

"영약이야 무당도 많기야 하겠지만…… 일종의 공물처럼 보내는 게로구나. 나쁘지 않다. 그렇다면 제갈가는?"

본래부터 그의 무공 자체가 무당으로부터 나온 셈이다.

정식 제자는 아니지만, 이통표국도 무당의 영향 하에 있으니 신경을 쓸 수밖에 없을 터.

영약을 보냄으로써 아직 자신이 무당의 영양 하에 있다는 것을 보여주는 듯했다.

그래도 남은 곳이 있으니, 제갈가다.

"제갈가에는 여식이 있는 상태지 않습니까. 그 여인을 이용하는 듯합니다."

"어떻게 말인가?"

"기물을 만들면서 여러 가지를 제갈가 여식에게 알려 준 듯합니다."

"좋구나."

"예. 제갈가로서는 귀한 지식을 얻은 셈에, 그가 우호적이란 것을 확인한 셈이니 제동은 걸지 않을 듯합니다."

"흐음…… 그렇담 당장에는 문제가 없겠구나. 그가 함녕과 적벽 그 이상을 원하지 않는 한은 말이야."

"예. 동창에서도 그럴 것이라 파악하고 있습니다."

동창의 분석까지 이미 끝이 난 것이었던가. 그렇다면 당장 문제 될 것은 없어 보였다.

하지만,

"신의가 벌이는 일에 명분이 없는 것은 아니나, 본녀로서도 신경 써야 할 것이 많은 터. 영철."

"예. 하명하시지요."

"슬슬 움직일 수 있도록. 준비를 해야겠구나."

"예. 원하신다면 당장 내일도 움직일 수 있도록 조치하겠습니다."

그녀에게는 그녀만의 사정이 있는 법이다.

운현이 그녀에게 흥미를 주고 새로이 움직여 나아가는 방식이 마음에 들기는 하나, 그녀의 입장에서 더는 무리였다.

'제갈가와의 일을 위해서는 잠시 호북이 잠잠해질 필요도 있으니…….'

그가 노력한 것에 대한 보상은 주되 슬슬 소란을 잠재워야 했다.

그것이 그녀로서의 사정.

"신의에게는 미안하나…… 어쩔 수가 없겠구나."

"적절한 보상만 주어진다면 괜찮을 것입니다."

"그래. 그가 과연 만족할는지는 모르겠으나…… 한번 보아야겠지."

각자가 각자의 사정 하에서 최선을 다해 움직이고 있었다.

*　　*　　*

운현이 제대로 나서자 상권을 확보하는 것은 일도 아니었다.

그들에게 믿음을 심어 주기 위해 설득을 하기도 하고, 또 어떤 때는 대가를 주기도 했다.

허나 그 정도는 그들이 얻은 것에 비하면 가치 없는 일이나 다름없었다.

약초, 몇 달 뒤 수확될 곡물에서부터 시작하여 여인들이 길쌈하여 만드는 천까지.

그가 나서서 원일 상단에 이어준 품목들은 여러 가지로 많았다.

그것들 하나, 하나가 운현과 원일 상단이 나아가는 일보(一步), 일보가 되었고 함녕의 상권을 거의 장악하는 데 성공했다.

당장 거대 상단에 비할 바는 아니었으나, 한 지역을 장악했다는 것은 거대 상단으로 가는 디딤돌이 되니 큰 의미가 있었다.

'적벽도 슬슬 끝이 나 간다는 기별이 들어왔으니…….'

함녕, 등산, 적벽.

호북의 아래로 호남과의 경계에 가까운 세 개의 현이 운현의 영향 하에 거의 들어가는 셈이다.

먼저 공격이 들어왔다는 명분도 충분히 있었기에, 운현을 막을 자는 없었다.

공식적으로는 그러했다.

하지만 그들은 본래부터 암수를 즐겨 했던 자들이지 않았던가.

운현이 일보를 내디딜 때마다 그들은 갖은 암수를 다 사용해 가며 공격을 하고 나섰다.

이미 폐허가 되다시피 한 형의문 쪽에 동물 시체들을 가져다 놓은 것은 애교다.

되도 않는 경고였겠지.

거래 선을 갈아 탄 약초꾼에게 습격이 가해졌던 것은 해선 안 될 일이었다.

'덕분에 약초꾼들의 마음이 확 돌아섰으니…….'

습격을 한 낭인들을 잡음으로써 약초꾼들의 민심을 재확인까지 한 운현이었다.

그 외에 그들이 거래를 새로이 열 때마다, 움직일 때마다, 틈이 날 때마다 노리려 든 것은 결코 우연이 아니었을 것이다.

형의문이 중심을 다잡고, 운현이 의방에 있던 무인들을 여럿 투입함으로써 좀 나아지기는 하였지만 그들의 공격은 끊임이 없었다.

전에는 단순히 이득을 위해서 그러한 일들을 벌였다면, 이제는 그 분위기가 달라졌다.

공격을 하는 자들은 여럿이었으며 또한 사활을 걸고 움직이는 기세였다.

'급한 거겠지…… 뒤에 누가 있는지도 모르고.'

공격을 한 자들이 여럿이다.

처음 암수를 한 자들은 원일 상단의 거래를 끊으려 했던 그자들이 맞을 것이다.

암중 조직일 터였다.

약초꾼들을 확보한 이후에는 이야기가 달라졌다.

이권을 빼앗기기 시작하자 사생결단이라도 내려 하는 것인지, 여러 곳에서 공격이 들어왔다.

원일 상단이 성장을 해 나감으로써 손해를 보는 자들의 공격이다.

"흐음…… 지금껏 몇 번의 공격이 있었지요?"

"뭐…… 셀 수야 있겠습니까? 아래부터 공격이 온 것을 합하면…… 하하."

"상단이 문파를 끼고 도는 이유를 알 만한 날들이었지요."

본래부터 상단이, 무력을 갖추는 이유가 바로 이러한 뒷공격 때문이라는 것을 생각하면 그들의 공격은 일견 타당해 보이기까지 했다.

하지만 당해 주는 것도 정도가 있는 것이며, 넘어가 주는 것도 정도가 있는 게다.

상대의 사정만 봐주었다가는 내가 망하기 십상이니 정리를 할 건 제대로 정리해야 했다.

그렇기에 운현은 꾸준히 준비를 했다.

형의문이 불타오르는 것을 보고, 형의문을 만만히 여겨 암수를 벌이는 그들에게 경고를 주기 위한 준비다.

"확보가 된 건가요?"

"처음부터 부족할 것이 없었습니다. 다만 신의님의 말대로 확실히 준비하고자 했을 따름이지요."

우 단주의 말대로 증거는 이미 여럿 나왔다. 일이 그리 많았는데 증거가 나오지 않는 것이 더욱 이상했다.

뇌옥이라고 하기는 뭣하지만, 가두기 위해 임시로 개조를 한 창고에는 꽤 많은 인원이 수용되어 있을 정도다.

주기적으로 혈도를 제압한지라 안에서부터 탈옥을 시도하는 자는 없었다.

다만 삐뚤어진 동지애로 그들을 탈출시키고자 하는 외부 인원은 꽤 되었다는 게 모순이라면 모순.

덕분에 사로잡힌 자들도 전부 그들의 증인이 되었다.

"예. 처음에야 도정의문에서 일부 자제들의 일탈로 우겼다지만…… 이쯤 되면 할 말도 없겠지요."

"확실히 그러할 겁니다."

그들을 공격한 자들 중의 중심은 도정의문. 그것도 그들의 문주다.

정호검(情好劍) 은자훈.

멋들어진 별호만큼이나, 정파인다운 멋들어진 삶을 살아온 주제에 선을 넘어 버렸다.

그 나름의 사정이 있어 일을 벌인 듯하나, 그것도 그만의 사정일 뿐.

가장 많은 암수를 들이민 자. 그들 중에서도 핵심인 자에게 베풀 인정은 더 없었다. 오직 징죄만이 남았을 뿐.

'그를 제압하게 되면 많은 수가 더는 일을 벌이지 못하겠지.'

모든 이에게 경고하기 위하여 운현이 몸을 일으킨다.

"자아, 가볼까요."

증인 혹은 증거. 그 모든 것들을 가지고서.

*　　*　　*

"……문주님, 왔습니다."

오래도록 그에게 충성을 바친 하 장로가 무거운 짊을 지니고 왔다.

"왔다라……."

지금 시기에 올 자가 누구겠는가. 하 장로에게 짐을 지울 자가 누구겠는가.

신의다.

젊을 적의 실수, 아니 극악한 혈기가 낳은 사생아가 신의와의 악연으로 자라 버렸다.

'차라리 죗값을 치렀더라면…….'

아니면 후회를 하던 그 날, 홀로 자살이라도 해버렸더라면 지금의 일은 벌어지지 않았을지도 몰랐다.

그러나 이미 늦었다.

그가 나이를 먹어가는 동안 지킬 것은 많아졌다.

자신의 짐은 자신이 짊어지기 위해서라도 악연을 다시 비틀어 인연으로 만들 수는 없는 터.

'내가 끝을 보아야겠지.'

그 나름의 비장한 기색을 띤 정호검 은자훈이 장로를 직시하며 명했다.

"안으로 들라고 하게나."

"……괜찮겠습니까? 휴우…… 차라리 지금에라도 용서를 비는 것이……."

"되었다 하지 않은가! 모든 것은 내가 책임질 터. 나 하나만 안고 가면 되는 걸세."

"문주! 그게 그처럼 쉬운 것은 아님은 알잖습니까? 그 정도는 아실 만한 분이 왜 이러십니까?"

"……."

장로는 그의 사정을 모른다. 젊은 날의 오점을 모른다. 몰라야만 하는 오점이다.

그러니 이렇게 자신의 추악한 가면 뒤의 모습은 전혀 모르는 채로 그의 편이 되어 줄 수 있는 것이겠지.

좋은 인연이다.

"쉬운 일이 아니라…… 허헛. 그러한가?"

"예. 차라리…… 협박을 받았다고 말을 하면……."

"무슨 이유로? 그걸 내가 말할 수 있겠는가? 장로 자네에게도 말하지 못하는데?"

과연 어떤 이유이기에 장로이자, 오랜 세월을 함께한 자신에게도 말하지 못하는 것일까.

"……인의외도라도 걸으신 겁니까?"

"허허. 그렇다면 또 어찌할 것인가? 이 나를 묶어 넘기기라도 할 것인가?"

"문주……."

장로도 답은 하지 못했다.

자신이 모시는 자가 인의외도를 걸어서야 떳떳하게 살 수는 없으니까.

형에만 치우쳤다는 농을 듣는 문파며, 부잣집 자제들의 뒤치다꺼리나 하는 문파라 소문이 난 지 오래인 도정의문의 장로지만 적어도 그는 정파인이었다.

그만의 정의를 알았고, 부끄러움이 없는 삶을 살았다 자부할 수 있는 자였다.

그러면서 그 자신은 동시에 문주 되는 자와 오랜 인연을 두지 않았던가.

그렇기에 그는 오점을 듣는 쪽도, 나서서 해결을 하는 쪽도 선택하지 않았다.

어중간한 중간. 처음 문주가 요청했던 바를 들어주기로 마음먹었을 따름이다.

"……신의를 안으로 들라하도록 하겠습니다."

"허허. 그러도록 하게나. 어서 들라고 하게."

"……예. 그리하지요."

하 장로가 나서고 얼마 되지 않아, 운현과 그 일행이 찾아왔다.

"처음 뵌다 말씀드려야 하는 것입니까?"

말에 가시가 들었다. 운현으로서도 당연한 이야기다. 악연이니까.

"허헛. 공식적으로는 처음 아니겠는가?"

"공식적으로라…… 그렇겠군요. 그렇다면 처음이겠지요."

"무엇을 전달하려고 왔는가?"

"증거와 증인이지요. 그리고 목적."

"증거와 증인이라……."

운연의 말을 읊조려 보는 정호검이었다.

"그렇다면 목적은 무엇인가?"

그의 물음에 운현은 표정 하나 변하지 않고 답했다.

"징죄지요."

"무서운 소리를 하는군."

"흐음…… 당연한 소리를 하는 것이라고는 생각지 않습니까?"

"내 입장에서는 그리 말할 수 없지 않겠는가? 허허."

징죄를 한다고 한다. 반대편은 그것이 잔인하다고 한다. 하지만 그 일을 피할 수는 없었다.

"차라리 이게 적게 희생을 내는 길일 겁니다. 일단은…… 더 일이 없는 한은 도정의문 하나를 묻는 것으로 끝을 낼 생각이니 말입니다."

"통보로군."

"그동안의 일을 생각하면…… 이 정도 통보하는 것으로도 예는 지킨 셈이지요."

모두를 벌할 수 는 없을 거다.

상단 모두를 벌하다가는 아무리 원일 상단이 크게 성세를 이뤘다지만, 함녕이 흔들릴 수도 있다.

하지만 더 이상 경거망동하지 않게는 만들 수 있다. 도정의문을 징치함으로써!

더 피할 길이 없다 여긴 것일까.

무언가를 내려놓은 듯한 정호검 은자훈이 묘하면서도 차분한 분위기를 유지한 채로 물었다.

"방법은 그대다운 방법으로 가져왔겠지? 무려 신의이지 않은가?"

"대련을 하려 합니다. 공식 대련을. 형의문과 도정의문의 대련이 되겠지요. 저 또한 식객으로서 끼게 될 겁니다."

"눈 가리고 아웅이로구만. 이미 형의문은 터밖에 남지 않았는데…… 허헛."

터만 남았다는 말에 가만히 침묵을 지키고 있던 형의문 문주가 분개한다.

"이, 이놈이!"

"그만하게."

"네, 네놈…… 이 자리만 아니었어도……."

"이가! 말하지 않았는가."

"후우……."

그가 분개한 그 상황 그대로 운현과 정호검의 대화는 이어질 따름이었다.

"허허. 젊을 때로구만……."

"문주로서 당연한 것이겠지요. 터만 남게 된 이유도 아시잖습니까?"

"모를 리가. 흐음…… 비무라…… 비무…… 오래전에나 했던 일이로구먼."

그가 과거라도 회상하는 듯하다.

그는 마치 자신이 이미 죽어 있는 자라고 여기는 듯 한결같이 초연했다.

"굳이 많은 이가 비무를 할 필요는 없겠지?"

"……그럴 수도 있겠지요."

"그럼 자네와 나 하나로 족하지 않겠는가? 허허. 대외적인 발표야 어찌 되었든…… 그게 가장 깔끔하다 생각이 드네만?"

"혼자 안고 가시려는 겁니까?"

아직까지 도정의문이 상단, 형의문을 노린 것은 이유가 불명확했다.

"솔직히 그러네. 그게 가장 깔끔한 일이니까."

"……그런 일을 벌이신 분치고는 깔끔한 것을 너무 좋아하시는군요?"

"인생의 가장 큰 실수 때문일는지도 모르지. 어떤가? 괜찮은가?"

운현이 형의문 문주를 바라본다.

"어찌하시렵니까?"

"……후우."

이번 일에는 운현보다도 더 원한을 가졌다 할 수 있는 자가 바로 그이기 때문.

도정의문이 일대일의 대결로 끝을 보자 말하지만, 그 조건의 가부권은 문주에게 있었다.

"……다섯으로 하지요. 한 명으로 책임지고 묻고 넘어가기에는 일이 크지 않습니까? 이번 일은 간과하고 넘어갈 수 없겠습니다."

죽을 자를 데려 오라는 소리다. 그도 아니면, 화풀이할 상대라도 필요한 것이겠지. 형의문 문주의 뜻도 이해는 할 만했다.

단 한 명의 대련자로 풀어내기에는 일이 컸다.

"……알겠습니다. 그렇다면 이번 대결은 저와 문주님을 포함하여 형의문 문주님의 뜻대로 마치도록 하겠습니다. 되었습니까?"

"허허…… 다섯이라. 그 정도인가…… 그래. 그거면 되었네. 알아서 하게나."

"그럼 그리 알고 가도록 하지요."

묘한 대결이 성립되었다.

# 第十一章
# 비무를 벌이다

"좋게 봐준 건가…… 아니면 대결을 핑계로 끝을 내려는 건가. 어느 쪽이든 좋겠지."

정운용에게 드디어 윗선의 도움이 들어왔다.

죽을 자리를 마련해 주고자 한 것인지, 윗선의 마음이 바뀐 것인지는 상관없었다.

그가 하려는 일에 도움이 된다는 것이 중요했을 따름.

"함녕에 다녀와 줘야겠네."

"예. 금방 다녀옵지요."

총관이 다시금 함녕에 모습을 드러낸 것은 얼마 뒤의 일이었다.

총관은 며칠 후 있을 비무에 끼어들었다.

"수는 수로 이용하는 것이 좋지 않겠습니까?"

"됐으이. 일의 진상은 나 홀로 안고 가면 되는 것 아닌가? 분명 입도 다물어 주었네. 다른 비무자들도 분명 그리할 것이야. 그쯤이면 되잖나?"

전이라면 쩔쩔 매었을 은자훈이었지만, 지금에 와서는 초연함만이 가득했다.

죽을 각오를 하고 움직이니 사람이 좀체 흔들리지를 않는 것이다.

"저희를 말하지 않는 것은 당연한 이야기지요. 다만…… 그 뒤도 생각하셔야 하지 않겠습니까?"

죽어서도 이름이 더럽혀지기 싫으면 알아서 기라는 소리다.

그 모습에 역겨움이라도 느낀 것인지, 은자훈이 잔뜩 인상을 찡그리며 묻는다.

"허어…… 마지막에 와서까지 협박인가. 죽음을 앞에 둔 자에게도?"

"저희에게는 저희 사정이 있는지라……. 흘…… 어쩔 수 없지 않겠습니까?"

"……그래서 이 노인네의 마지막 비무마저도 더럽히겠다는 것인가? 죽음조차도?"

"해석은 어찌하시든 상관없습니다. 들어만 주시면 되는 겁니다."

애써 협상의 접점을 찾아보고자 하는 것일까. 은자훈이 조금은 구차해져서 묻는다.

"……한 번이면 된다고 하지 않았던가."

"일을 제대로 해내지 못하셨지 않습니까?"

"후우…… 그래도 반은 성공하지 않았던가?"

"그 정도로는 부족했습니다. 그러니 마무리를 해 주시지요. 그거면 되는 겁니다."

"죽으려 해도 죽을 수 없는 방법이로군. 하……."

그들이 제시한 방법은 은자훈이 장식하려던 마지막이 아니었다.

그가 그로서 죽을 수 있는 방법이 아니었다.

그들의 방법을 이용하여 설사 이긴다고 하더라도,

'살고자 발버둥 치는 노친네로 보이겠지…….'

그에게 있어 전혀 소용없을 승리가 되는 그런 방안이었다.

하지만 어찌하겠는가. 그로서는 들어줄 수밖에 없는 입장이지 않던가.

답은 애시당초 정해져 있었다.

"……알겠네."

"하핫. 역시 허락하실 거라 여겼습니다. 그럼 마지막까지 잘 부탁드리지요."

"이게 진정 마지막이길 바라겠네. 이 이상은…… 나도 혼자 죽을 생각은 없으니."

"아무렴요. 아무렴."

총관의 얼굴이 환하게 펴진다. 모든 것이 자신의 뜻대로 펼쳐질 것처럼 환한 웃음이었다.

마지막의 마지막까지도 정수가 아닌 암수로만 상대를 하는 그들이었다.

*　　*　　*

대련에 대한 소문은 크게 났다.

원일 상단이나 형의문에서도 이번 일은 크게 내려 작정을 하였기에 소문이 적게 나면 그것이 더 이상한 상황이었다.

대련에 대한 소문이 크게 퍼지게 되니,

"역시 조용해지는군요."

"신의님의 말씀 이상으로 효과가 크군요. 우습습니다그려."

그들을 노리는 자들은 확연히 줄어들게 되었다.

일단은 도정의문과 형의문의 공개 비무 결과를 보고서 움직이자는 계산이 선 듯했다.

덕분에 비무가 이뤄지기 전의 기간만큼은 마음 편히 지낸 형의문, 원일 상단의 사람들이었다.

"대련장은 마무리되었답니까?"

"내일이 비무 날인데, 그 정도야 가뿐하지요."

"좋습니다."

드디어 내일이다.

우 단주의 말 그대로 도정의문을 가뿐하게 이겨내면 감히 무력으로 그들을 건드릴 자는 없을 게다.

그 사이에 형의문의 터에 다시금 문파를 세워주고, 상단을 통해서 함녕 장악을 더욱 튼튼히만 하면 되었다.

나아가서는 이런 방식으로 이통표국과 자신을 공격한 상단과 조직들을 처벌하면 될 일인 터.

'차분히. 하지만 확실하게……'

나아가고 있는 운현이다.

*　　*　　*

"누가 이길 것이라 보는가?"

"아무리 그래도 형의문 아니겠는가? 문파가 불타기야 했지만…… 그건 화재고 말일세."

"허어. 아무리 그렇다 해도 도정의문의 정예는 알아주지 않는가?"

"그야 그렇지. 뭐 한번 보면 알지 않겠는가?"

많은 이들이 모였다. 함녕을 떠나 그 주변의 현들에 있는 무림인들도 꽤나 모여들었을 정도다.

안 그래도 오행환의 판매로 많은 이들이 몰린 함녕인지라, 그 열기는 뜨거울 수밖에 없었다.

"많군요."

"예. 소문 이상인 듯합니다. 저기 눈에 보인 자들이 전부 손님이었으면 좋겠군요. 하하."

눈에 보이는 자가 모두 손님이면 좋겠다니. 결국 돈으로 보인다는 것이지 않은가.

상인다운 농담이었다.

"그럼 저는 먼저 내려가 보도록 하겠습니다."

"저도 다녀오겠습니다, 우 형."

"아무렴. 건투를 빕니다!"

공개 비무를 벌일 자는 이미 고른 지 오래다.

운현을 포함하여 문주와 형의문의 정예 셋이 출전하게 되었다.

"먼저 나서지요."

"예."

운현이 앞장서 처리를 하기로 하였으나, 순서는 그가 뒤로 밀리게 되었다.

화재로 터만 남게 된 형의문 문도의 분노도 분노인지라, 그들이 앞장서 비무를 치르고 싶어 하였기 때문이다.

비무의 심판으로 나선 자는 운이문의 청우섭이었다.

도정의문과 형의문을 제외하고 함녕에 큰 문파라고는 그뿐이니 그가 나서는 것도 당연했다.

그는 잔뜩 긴장한 기색이었는데, 이번 일의 결과로 그도 얻고 잃는 바가 있을 듯하기에 그런 듯했다.

"대련장에 서게나!"

문파와 문파 간의 대련이기에, 형식에 얽매일 수밖에 없었다.

여러 과정이 지나고 그 뒤에서야 서로 대련 상대를 마주하게 된 상황.

형의문 문도이며 그들 중에서는 정예라 할 수 있는 안창훈이었다.

그 역시 검을 멋들어지게 쓰는 자였으나, 형의문 문도답게 날카로운 면도 겸비한 자였다.

절정에는 이르지 못하였으나, 일류의 끄트머리로 한 문파의 정예임에 부족함이 없는 이.

"잘 부탁하네. 안창훈이라고 하네. 별호는 없네."

"나야말로. 장훈이라 부르면 되네. 나 역시 별호는 없네."

그런데 그 상대는.

"이상하군요……."

"무엇이 말입니까?"

멋들어진 초식을 구사하는 것을 특기로 하는 도정의문의 정예답달까.

'정예는…… 실전을 많이 겪은 건가. 흐음…….'

이곳저곳에 자상의 흔적이 엿보이는 그는 눈빛이 꽤 매서워 보이는 자였다.

그 모습을 보고 이상함을 느낀 것일까. 답은 바로 나왔다.

"처음 보는 자입니다. 아무리 다른 문파라지만 얼굴을 모를 리가……."

"없겠지요."

함녕이 현이라고 해봐야 어마어마한 크기를 자랑하는 현도 아니다.

게다가 무관을 제외하고 문파라 할 수 있는 곳이 많은 것도 아니니, 어지간해서는 얼굴을 모를 수가 없었다.

같은 영역, 같은 계열의 무림인으로 십수 년을 지내는데 모르면 그게 더 이상한 일이었다.

결론은 하나다.

"……그렇다면 외부인사를 데려왔다고밖에는 말할 수 없겠군요."

"하…… 마지막까지 깔끔하게 가려고 하는 줄 알았더니…… 괜히 다대다로 승부를 보기로 한 듯합니다. 이렇게 비무를 더럽힐 줄이야……."

상대를 보는 형의문 문주로서는 잔뜩 골이 난 듯했다.

하기사 일대일의 승부를 다대다로 이끌어낸 것은 자신이었다.

어떻게든 그들의 분을 풀고 싶었으니까.

그런데 상대가 그것을 이용하여 이렇게 나올 줄은 몰랐던 듯했다.

'……이를테면 낭인을 고용한 거나 다름이 없는데…… 이상하긴 하군.'

도정의문의 문주가 보인 초연함은 진정 죽음을 예상하는 자나 보일 수 있는 모습이었다.

그런데 그런 자가, 마지막에까지 이런 일을 기획한다고?

열 길 물 속보다 한 사람의 속이 알기 어렵다지만, 이상하게 느껴질 수밖에 없었다.

"일단은…… 지켜보지요."

"예. 휴우……."

꺼림칙함이 가득한 채로, 대련이 시작되었다.

"하앗!"

형으로 도를 얻는 그들답게 형의문 문도의 검은 매서웠다.

호선을 그리는데 깔끔함이 가득하여, 상대조차도 작게 신음을 내뱉었을 정도다.

하지만.

"흣."

일보로 형의문 문도의 검을 피해낸 그는 단 반보를 더하여 순식간에 둘 사이의 거리를 반보로 줄였다.

쾌검의 달인이었던 것인가?

"어엇!"

콰즉—

언제 뽑아질지 몰랐던, 검집에 잠겨 있던 검이 순식간에 뽑히며 형의문 무도의 가슴께에 길게 선을 그려 주었다.

순식간. 핏줄기가 길게 쏟아진다.

"크으……."

단 한 수. 한 수에 상대를 반 이상 무력화시킨 도정의문의 대표는.

"끝내지."

한쪽의 치명적 부상으로 대련은 끝이 난 것이나 다름이 없는데, 다시금 선을 그리기 시작했다.

쾌검의 고수임을 자랑하듯 공중에 수놓아진 수많은 선들.

형의문 문도의 복부에 수없는 자상을 수놓으며 혈화를 그리고 있는 그의 검은 분명 매서웠다.

"크아앗."

상대 하나를 무력화시키는. 치명적일 수밖에 없는 검을 흩뿌리는 주제에 장운의 표정은 여전히 침착하기만 했다.

안창훈에게 부상을 입히고 있는 그의 시선이 가 있는 곳은.

'난가?'

바로 운현이었다.

착각인가 싶을 정도로 아주 잠시의 시간 사이에 일어난 일.

아주 짧은 사이에 일어난 일이었기에, 운이문의 청우섭으로도 승패를 가르는 데 시간이 걸릴 상황이었다.

"주, 중지! 중지하게나!"

그제야 상대가 물러난다.

"크으……읍……."

중지라는 말이 그를 놓아준 것일까?

숱한 실전이라도 치른 듯 복부 전체에 여럿 자상이 나게 된 그는 처참하리만치 무너져 내렸다.

첫 대결의 승자는 도정의문이었다.

"이런……."

운현이 그 자리에서 바로 몸을 날려 본다.

*　　*　　*

한 명은 처음 대련에 나선 그대로 서 있다. 다른 하나는 온몸에 혈화를 수놓아서는 쓰러져 있다.

그 가운데에 운현이 나서 혈화로 가득 채워진 안창훈에게 다가가 있는 상황.

심판을 본 자도 얼이 다 빠져 있는 상황이기에, 사람들의 소요는 당연한 일이었다.

"이거…… 대련이 맞는가?"

"비무라고는 했지만…… 심하기는 하군."

"하……."

사람들이 모두 웅성거린다.

'미쳤군…….'

침착한 표정으로 칼질을 해대던 장훈이라는 자는 미친 것이 확실했다.

그리 미치지 않고서야 이런 식으로 사람을 농락할 수가 없지 않은가.

"크으…… 죄, 죄송……."

마혈을 짚어 기절을 시킬 때까지도 안창훈은 승리를 하지 못했음에, 죄책감을 느끼는 듯하였다.

운현이 핏물이 가득 베기 시작한 그의 옷자락을 열자.

"후우……."

이리 베이고, 저리 베인 그의 복부가 눈앞에 자리한다.

난도질당한 것이나 다름없는 모습이다.

하나, 하나의 상처는 얕았지만 순식간에 워낙 많이 베인지라 당장 여러 갈래로 찢어진 피부가 보일 정도였다.

"……."

처음부터 이런 짓을 벌일 줄이야.

사람들의 웅성거림에 아랑곳않고 서 있는 장훈을 그대로 둔 채로 운현은 안창훈부터 치료를 했다.

선천진기를 주입하고는 치료에까지 무공을 사용하는 그는 신기에 가까운 몸놀림을 보였다.

피를 지우고, 금창약을 바르고, 베인 곳을 꿴다. 모든 치료가 끝난 것은 아니지만 이 정도로도 당장 응급처치 이상은 될 정도였다.

보통의 대련이라면 치료에 시간을 할애해 주지 않을 터이나, 상황이 상황이기에 모두가 웅성거리며 지켜 볼 뿐이었다.

모든 상황을 단번에 처리한 운현이 몸을 일으킨다.

"……문주님."

"예?"

어느샌가 다가와 발만 동동 구르던 이의문이 운현의 물음에 답한다.

"아무래도…… 제게 양보를 좀 해주셔야 할 듯합니다."

"……제가 나서는 것이……."

이 일은 형의문의 일이다. 당한 자는 형의문이다.

하지만 이대로라면 더욱 당하는 자들만 생길 듯 보였다.

운현이 본 바가 맞다면, 그의 실력은 자신의 스승이나 다름없던 고 표두와 같은 절정.

형의문 문주도 절정이라지만, 실전을 많이 겪은 듯한 그의 검은 형의문 문주 이상인 듯 보였다.

'더 희생이 생기면 안 된다.'

압도적인 무력을 보여야 할 때에, 형의문이 무너지는 모습을 보여서야 좋을 게 없었다.

그렇다면 차라리 자신이 나서는 게 나을 터.

양보만 하던 운현이나, 이번만은 아니었다.

"아닙니다. 보아하니, 저자가 도정의문에서 준비한 자인 듯하군요. 마지막 암수겠지요."

"……휴우. 어쩔 수 없는 것입니까?"

"예. 부탁드립니다."

"……알겠습니다."

일이 생겨서야, 가장 뒤에 나서려던 준비를 하던 운현이 나섰다.

# 第十二章
# 선보이다

분노하는 법이 없는 운현이 잔뜩 화가 난 채로 살기를 가득 피워내고 있었다.

안창훈이 쏟아낸 핏줄기가 간간히 보이는 대련장 위에는 오직 둘만이 서 있는 상황.

심판을 맡은 자마저도, 잠시 뒤로 물러난 상황이었다. 운현의 요청이었다.

"꼭 이래야 했습니까?"

"그래야만 당신이 나설 테니까."

운현을 끌어내기 위해서 그런 짓을 벌였다? 이건 꽤 큰 정보였다.

"흐음…… 본래부터 저를 노렸던 것이로군요?"

"마음대로 생각하게나."

고의로 알려준 것인가?

모를 일이다. 당장은 눈앞의 상대부터 쓰러트려야 했다.

그 뒤에는 남은 도정의문의 문도, 아니 문도가 아닐지도 모를 자들을 전부 고꾸라트려야겠지.

'……해 보자.'

그와 그가 자세를 잡고 마주한다.

"시작하게!"

대련이 시작된다.

*　*　*

타닥거리는 소리를 뒤로하며, 순식간에 거리를 짓쳐 오는 장훈이다.

안창훈을 상대로는 여유를 부린 그였으나 운현을 상대로까지 여유를 부릴 생각은 없는 듯했다.

처음부터 전력으로 달려오는 상태였다.

"……."

"……."

둘의 눈이 마주친다. 오라는 소리도, 간다는 말도 없었다.

모두 전력을 다하기에 그런 여유 따위는 없었다. 눈의 마주침만이 있었을 뿐.

순식간에 뽑아든 장훈의 검이 운현에게로 짓쳐 온다.

운현 또한 한 걸음 물러서며 같이 검을 뽑아 들어 장훈의 검에 맞선다.

카가가각 하는 소리가 대련장 안을 가득 채운다.

검과 검이 맞서니, 그 다음은 자연스레 힘 싸움의 수순이었다.

"……큿."

속도에서는 장훈이 이겼을지언정, 힘에서만큼은 이겨내지 못했던 것일까?

운현이 한 걸음 물러났던 것처럼, 장훈 또한 운현으로부터 신음을 내며 물러난다.

"내공이…… 매섭군."

무인치고는 어린 나이라 할 수 있는 운현의 내력에 놀란 듯했다.

한 개인에게 투자되기 힘들 돈으로 내력을 올려놓은 운현이니 당연한 현상이었다.

운현은 그런 그의 물음에는 답하지 않은 채로, 바로 짓쳐 들었다.

이번에는 장훈과 반대로 운현이 먼저 나선 것이다.

'차공이라도!'

보법을 펼치는 그의 걸음이 표홀하기 그지없었다.

단 두 보.

크지도 않은 대련장에서 그들이 가진 거리였다.

그 뒤부터는 검과 검의 부딪침만이 잔뜩 있었다.

운현의 내력의 무거움을 알게 되어 검을 피하려고만 하는 장훈.

정면으로 붙지 않으려는 장훈을 매섭게 몰아붙이는 운현.

물고 물리는 둘의 대결에 장내를 가득 채운 구경꾼들은 놀란 눈을 할 뿐이었다.

처음 모습을 드러내어 어마어마한 쾌검을 구사하는 장훈도 대단하다.

하지만, 신의라고 이름이 높았던 운현이 상상 이상의 검력을 뿜어내는 것에 놀란 자도 다수였다.

어린 나이에 신의라 불리는 것도 놀라울 따름인데, 척 봐도 무공까지 높으니 놀라지 않을 수가 있으랴.

검과 검이 부딪쳐 불꽃이 튈 때마다 사람들의 눈에도 빛이 나고 있었다.

"오오……."

우현은 구경꾼들의 기대를 채워 주기라도 하려는 듯했다.

매서운 맞섬 가운데 뒤로 훌쩍 물러나고서는 순식간에 검에 절정 고수의 상징을 뿜어내기 시작했다.

"검기다!"

누군가 외쳤듯 검기였다.

"절정이었던 건가?"

그 모습에 놀람은 장훈마저 예외가 아니었던 듯, 대련 중의 물음을 던졌을 정도다.

"보시는 바대로."

운현은 답을 함과 동시에 물러났던 거리를 다시 짓치며, 그에게 달려들었다.

매끄럽기만 한 검기가 장훈에게 위기를 안겨 줄려던 찰나.

고오—

장훈 또한 질 수가 없다는 듯 순식간에 검기를 끌어 올려내어 운현의 검을 맞선다.

"……크흐. 예상외로구만."

역시 운현의 선천진기에는 이겨내기 힘든 듯 그가 신음을 내뱉는다.

그럼에도 표정은 여전히 침착한 장훈.

'노리는 바가…… 역시!'

그의 말에도 운현이 방심하지 않던 찰나, 함께 맞서던 장훈의 검 외의 것에 짓쳐 드는 손이 있었다.

장훈의 왼손이다.

쾌검을 사용하는 장훈이 대련 중에 손을 사용하여 운현의 옆구리를 노린 것이다.

낭인들이나 할 짓거리!

정파인과 정파인의 대결에서는 보일 수가 없는 수다. 하지만 실용적이었다.

"흐……."

내력으로 밀어붙이던 운현이 잠시지만 뒤로 물러날 만한 상황이었으니까.

순식간에 벌어진 일.

뒤늦게서야 눈치를 챈 군중들이 야유하는 가운데, 뒤로 물러난 운현이 놀란 숨을 내뱉는다.

"재밌는 수법이군요."

"살아남아야 했으니까. 왜, 이런 수는 마음에 들지 않는가?"

"그럴 리가요. 하압!"

이막이다. 다시금 그들이 부딪친다.

변공법도 마다하지 않는 장훈과 그를 상대로 장점이라고는 압도적인 내공밖에 없는 운현.

길게 이어질 것만 같았던 승부다.

하지만 답은 예상외로 금방 났다.

다시금 부딪침이 이어진다. 필요에 따라 권법을 날리며 위기를 벗어나는 장훈.

그가 아무리 권법을 응용한다 하더라도, 그의 본질은 쾌검.

'권법에 할애할 내공이 몇이나 될까?'

아무리 검과 함께 권법을 익혔다고 하더라도 결국은 검사다.

게다가 내공에 있어서는 운현이 한참 앞서고 있지 않은가.

밀리는 기색이 보이기 시작하자, 장훈이 다시금 주먹을 날린다.

'지금!'

승부수를 띄운 운현은 지금껏 자신이 쌓아 온 모든 것을 믿었다.

"헛!"

권법을 날리는 장훈을 향해 오히려 옆구리를 들이민 것이다.

퍼억— 하며 갈비뼈가 깨지는 느낌은 전혀 들지 않았다.

다만 물컹하는 느낌만이 장훈의 손에 느껴졌을 따름이다.

놀란 장훈. 생기는 짧은 틈. 그 틈!

그 작은 틈이 둘의 승부를 가르는 분수령이 되었다.

콰즉—

전심전력을 다해 날린 운현의 검이 그대로 장훈의 검을 향해 짓쳐 든다.

애초부터 운현에 비해 내력이 부족했던 장훈이 아니었던가.

거기에 틈까지 더해졌다.

"……크으……."

신음 뒤에 그의 팔에 길게 핏줄기가 그려진다.

운현이 마지막의 마지막에서야 살수를 거뒀다지만, 부상이 생긴 것이다.

쾌검의 고수가 팔을 잃었음은 치명적인 일.

마음을 굳게 먹은 운현으로서는 놀라는 기색도 없이 그를 바라보고 있을 따름이었다.

대련은 끝이었다.

물러나기 전 아주 잠시의 시간. 자신이 졌다는 것에 의문점을 가진 그가 뒤를 돌며 물어본다.

"……외공인가?"

"표국 사람은 기본이지요."

"흐…… 마지막까지 방심을 한 게로군."

모든 답을 얻었다는 듯 그가 물러난다.

도정의문의 사람이라고는 볼 수 없는 자였기에, 운현이 물어본다.

"가십니까?"

"……이것으로 빚은 갚았으니까."

"빚이라……."

도정의문과 형의문의 두 번째 대련의 끝.

그리고.

"다음…… 오시지요."

굳건한 기둥이라도 되는 듯 자신의 손으로 모든 것을 끝내기로 마음먹은 운현이 있었다.

*　　*　　*

도정의문의 문주가 무릎을 꿇는다.

절정, 나이를 먹었다 해도 그 연륜이 어디로 간 것은 아니겠건만 그는 생각 이상으로 무기력하게 무너졌다.

"……졌네."

어디서 온 것인지 모를 외부 인사를 동원하고, 끝까지 발악을 하던 그치고는 허무하기만 한 결과였다.

처음 무너진 장훈.

그 뒤로 나타난 낭인 둘, 도정의문의 장로 하나, 그리고 지금 눈앞의 문주까지.

운현은 홀로 모두를 무너트렸다.

절정 고수가, 절정 고수 하나를 상대하면 지치는 것이 당연한 일일 터인데도 그는 어찌 된 일인지 내리 다섯을 무너트리는 데 성공했다.

"후우……."

그도 지친 모습을 보이기는 했다. 길게 내뱉는 한숨이 그의 피로를 대변했다.

하지만 그가 지금껏 보인 무력은, 그의 무력이 단순히 절정 초입이라고 보기에는 어려운 모습이었다.

심판을 하는 자치고는 기민하지 못한 청우섭이 뒤늦게서야 외친다.

"……혀, 형의문의 승리요!"

뒤늦은 선언. 그것으로도 흥분에 가득 찬 사람들에게는 충분했다.

"우와아!"

거센 함성이 장내를 가득 채웠다.

의술만이 아닌 무공마저 드높음을 증명한 운현에 대한 경외가 모두의 눈에 가득 채워진다.

그들의 가운데,

"……실패로군."

도정의문의 문주를 압박하던 총관인 자가 조심스레 물러난다.

이대로 몸을 숨겨 자신의 주인께 보고를 하려는 양 그의 움직임은 은밀하기 그지없었다.

"쫓아간다."

허나 꼬리가 길면 잡힐 수밖에 없다고 하던가.

암수를 뻗치는 자치고는 너무도 많이 함녕을 오간 그였다.

그 뒤를 또 다른 누군가가 뒤쫓고 있었다.

과정에서 말도 많고 탈도 많았던, 허나 그 결과는 압승으로 깔끔하기만 했던 대련이 끝이 났다.

*　　*　　*

쐐기다. 또한 일사천리다.

라는 말이 지금처럼 어울리는 상황이 어디 있을까.

운현이 이끌어 간 대련, 그 대련의 결과는 함녕현을 가득 채움은 물론이고 나아가 주변의 현들에도 영향을 미쳤다.

특히 가장 크게 영향을 미친 곳은 의외로 적벽이었다.

"역시나…… 잘하셨군. 슬슬 마무리를 지어 볼까."

운현을 대신하여 적벽의 일을 책임지고 있는 학사 한울은, 운현의 승리 소식으로 일에 급물살을 탔다.

"신의님을 불러들일까요? 아니면 저와 이야기를 끝내는 게 낫겠습니까?"

"……커흠…… 알겠소이다. 그대랑 하면 될 것 아니오."

"좋습니다. 그럼 이곳부터 먼저 보내는 것으로 알겠습니다."

"휴우. 알겠소이다."

함녕에 들르기 전 적벽에서 잠시 움직였던 운현이다. 아주 잠시.

그 때문인지, 적벽현을 영역 하에 두는 것은 운현이 직접 나선 함녕현보다는 더딜 수밖에 없었다.

하지만 그는 멀리서도 존재감을 과시해 주었다. 대련으로.

덕분인지, 운현의 심복이나 다름없게 된 한울의 요청에도 미적미적한 모습을 보이던 자들도 결국 운현을 택할 수밖에 없었다.

등산엔 이통표국이, 함녕에는 원일 상단과 형의문이 있다면 적벽에도 공격을 당한 자들이 있기 마련.

"그럼 앞으로 잘 부탁드리지요."

치밀했던 암수를 운현의 명에 따라, 하나둘씩 처리 해낸 한울의 기분은 그 누구보다 좋을 수밖에 없었다.

"가지요? 이제 적벽의 일도 명대로 마무리가 되는 듯하니, 슬슬 의방에 갈 채비를 해야겠지요."

"철저하구먼……."

"하핫. 칭찬으로 듣겠습니다."

한울의 호위 무사로 나선 자는 아이들을 가르치는 데 한참 재미가 들렸던 삼권호였다.

그들의 뒤로도 열이 넘는 무사들이 함께하며 그를 지키는 것은 당연한 이야기인 터.

'적벽 상단들은 정리가 되었고, 문파야 별달리 대단한 문파가 없는 편이니…… 남은 것은 땅인가?'

그들을 바라보며 눈을 빛내는 한울로서는 정리를 위한 마무리 단계에 들어가고 있었다.

등산현은 본디부터 운현의 영향 하에 있던 터.

딱히 운현을 거스르거나 하는 자는 없었기에, 운현의 영향력이 올라간다 해도 그들에게는 호재일 따름이었다.

다만 운현의 영향력이 넓게 펼쳐질수록 뜨끔할 수밖에 없는 자들도 있었으니,

"……사려야겠군."

"어째야 하는 것인지, 정 단주는 소식이 없는가?"

"사람을 보냈으니 답이 오겠지."

처음 이통표국과 거래를 끊었던 상단들이 그 주인공이었다.

처음 일을 벌일 때까지만 하더라도 신이 났던 그들이다.

상단의 영역을 넘보려고 하는 이통표국을 징치한다고 여기던 그들이 아니던가.

동시에 정운용이 간간히 보내어주는 돈으로 앞으로도 짭짤한 수익을 올릴 수 있다 여기던 그들이었다.

이대로만 간다면 이통표국의 세력을 다시 고꾸라트리고, 상인 집단이 승리할 수 있을 거라 여겼던 상황!

헌데 운현의 대련 소식이 그들의 기세를 잠재웠다. 아니 숫제 잡아먹어 버렸다.

절정.

그것도 절정 둘을 무너트리던 검기. 신의면서도 동시에 무사인 자.

운현에 관한 소식이 그들의 귀로 들리고, 그들은 내심 쌔한 기분을 느낄 수밖에 없었다.

그런 자를 먼저 나서 적으로 돌리게 된 셈이니, 어찌 섬뜩하지 않을 수 있을까.

"다시 거래를 하는 것이 어떻겠는가?"

"모르겠구먼…… 일단은 추이를 보아야겠지."

운현의 소식에 이통표국을 통해서 공격을 하던 그들이 흔들리기 시작했다.

뒤를 이어 소식이 들리면 들릴수록, 운현에게는 유리해질 터.

호재 가운데에서 그는 최대한 자신의 영향력을 넓게 뻗치고 있었다.

*　　*　　*

거간꾼 장씨는 호재이면서 동시에 부담감이 주어지는 거래에 잔뜩 땀을 흘리고 있었다.

"에…… 그러니까 정리해 보자면…… 창고에, 여럿이 머무를 곳도 필요한 것이지요?"

"예. 의방이 지어질 예정이니 그 정도는 필요로 합니다."

땀을 흘릴 만큼 더운 한여름도 아니지만, 눈앞에 있는 이가 운현이니만치 그도 어쩔 수 없었다.

"그러자면…… 역시 외곽지밖에는 안 되겠습니다요."

"함녕현 내에는 찾기 힘든 것입니까?"

"찾자면 못 찾을 것도 없겠지만은…… 가격이 괜찮으시겠습니까?"

"흐음……."

이 말을 하기까지 그도 꽤 어려웠던 듯 연신 흘러내리는 땀을 닦아내고 있었다.

거간꾼인 그로서도 근래에 없던 큰 건이지만, 운현을 상대로는 가격을 후려친다거나 할 생각은 꿈도 못 꾸고 있는 형편이었다.

그러다 보니 장소 하나, 하나를 추천하는 것만으로도 연신 긴장을 하는 그였다.

"얼마나 될 듯합니까?"

"함녕 쪽으로 들어가려면…… 장원 하나를 통째로 구매하시고도…… 확장도 해야 하실 듯하니, 그 주변도 구매해야 하지 않겠습니까요?"

"예. 그렇겠군요."

"그러니 그 액수가 꽤 높을 수밖에는 없습니다요."

"이해합니다. 자세한 것은…… 엇?"

가격을 흥정하는 것도 좋지만, 당장 급한 것은 일처리였다.

앞서 나가는 것도 좋지만 어딘지 모를 조직의 공격이 완전히 끝난 것도 아닌 상황에 여유만을 부릴 수는 없으니까.

운현이 벌인 대련이 크게 소문이 난 덕에 저들의 공세가 잠시 주춤하고 있기는 하다.

하지만 이통표국만 보더라도 아직 전에 하던 모든 거래가 활성화되지 못하고 있는 상황이다. 여유 가운데에서도 현재 진행 중이라는 소리다.

그런 상황에서 급히 일을 처리하고 있는 운현이지만, 눈앞에 등장한 여인에는 잠시 하던 일을 멈출 수밖에 없었다.

곱게 꽃이 수놓아진 면사를 벗은 여인은 그로서도 꽤 익숙한 얼굴이었다.

이곳에서는 보지 못할 여인.

“연화 소저?”

“후후. 오랜만이지요?”

하연화. 함녕현이 아닌 등산현에 있을 여인이, 왜 이곳에 왔단 말인가.

그것도 그녀로서는 한참 밤이 될 낮에 찾아온 것은 그로서도 의외라 할 만한 상황이었다.

“하아…….”

거간꾼 장씨가 하연화의 미모에 반해, 자신도 모르게 감탄사를 내뱉는 찰나.

‘자리를 바꿔야겠군…….’

이대로 있어 보아야 주변의 시선만 가득 들어오겠다 싶은 운현은 거래보다도 그녀를 데려가는 것이 우선이다 싶었다.

“잠시 자리를 옮기지요. 자세한 이야기는 나중에 따로 하도록 하겠습니다."

"후후. 예."

"……아, 예, 옙!"

미모에 시선을 돌렸던 장씨가 면사를 다시 쓰는 하연화에 대해 아쉬움을 남기는 사이, 둘은 그곳을 떠나 원일 상단으로 걸음을 틀었다.

운현은 원일 상단에 마련된 자신의 거처로 들어가 물었다.

"대체 이곳에 연화 소저가 왜 있으신 겁니까? 혹여 등산에 일이 생긴 겁니까?"

"아니요. 그럴 리가요."

이통표국을 포함하여 등산과 적벽의 상황 파악에는 하오문의 도움을 받고 있었다.

그런 그녀가 이곳까지 와서는 아무런 일도 없다 한다.

'조금 맥이 빠지기는 하는데…… 일이 없다니 다행이긴하군.'

그녀를 급히 데려오면서 무슨 일이라도 났을까 노심 초사하던 운현으로서는 잠시지만 안도를 할 수 있었다.

그러곤 뒤를 이어 물음이 찾아왔다.

아무런 일도 없는데 등산현을 맡고 있는 그녀가 이곳에까지 온 것은 무슨 이유일까?

"이곳에는 어쩐 일이신지요?"

"제가 오면 안 되는 건가요? 못 올 곳에 온 것은 아니잖아요?"

"뭐…… 그건 아닙니다만은……."

왠지 모르게 서운해하는 그녀의 표정에 잠시지만 머뭇거리는 운현.

그런 그의 표정을 잠시 바라보던 그녀가 웃는 상에 어울리지 않게 진득한 이야기를 꺼내었다.

"이곳에 온 것은 다름이 아니고…… 찾아서예요."

"찾다니요?"

의방에 있을 무사, 의원, 서생을 찾는 것은 지금도 유효하다.

허나 상황이 상황이다 보니 그 의뢰들은 의방에 있는 이들이 대신 처리해 주고 있는 상황.

그런 상황에서 그녀가 찾았다는 것이 뭘까. 왠지 모를 직감을 느낀 그다.

"설마…… 의뢰도 하지 않으신 일을 하신 겁니까?"

"역시 눈치가 빠르시군요. 후후."

여기서 그런 말이 나오는가.

'이러다가 무슨 봉변을 당하려고!'

운현으로서는 처음으로 하연화에게 열을 올렸다.

"아니 그게 눈치라고 넘어갈 일은 아니잖습니까? 설마 제가 의뢰도 하지 않은 것을 그대로 진행하신 겁니까? 이번일만큼은 개방에 의뢰를 넣은 것을 아실 텐데요?"

"……알고 있어요. 분명히요."

"그런데 왜 일을 벌이신 겁니까? 제가 하오문에 의뢰를 넣지 않을 이유 정도는 예상 가능하신 분이시지 않습니까? 연화 소저는요."

운현이 하오문에 의뢰를 넣지 않는 것은 배려였다.

하오문은 너무 많은 의뢰, 너무 많은 호의가 운현에게로 쏠리면 안 되었다.

그들은 어디까지나 중립을 지켜야 하는 자들.

그렇기에 무림인으로서의 행보를 본격적으로 보이고 있는 운현에게 호감을 보여서는 안 되었다.

'예외를 두어서는 안 되니까.'

그것을 알고 있는 운현이기에 편한 그녀가 아닌 개방을 찾아 굳이 의뢰를 넣은 것이 아니었던가.

그런데 의뢰도 넣지 않았는데 그녀가 먼저 움직였다 한다.

암중 조직의 실마리를 찾았다는 문제 이전에, 그녀가 신경 쓰이는 운현이었다.

"……대체 왜 그러신 겁니까? 잘못하면 위험한 것을 아시지 않습니까?"

"알지요. 그걸 모르는 하오문도가 있을까요."

"그런데도 그리 일을 벌이시면 어쩝니까. 지금이야 괜찮다지만…… 일이 잘못되어 해코지라도 당하면 어쩌시려는 겁니까?"

등산현을 맡은 지부장인 그녀다.

허나 지부장이라 하더라도 하오문도로서의 무력은 한계가 있는 터.

잘해야 일류 정도나 되는 그녀에게 일인 무적의 무력 따위는 꿈에서나 있을 일이다.

일이 잘못되면 암중조직에게서 위협을 받을 수도 있는 일이다.

그의 걱정에 대한 답은 너무도 의외의 답으로 돌아왔다.

"……신의님이니까요."

"예?"

"신의님이니까…… 하는 거예요. 그게 오랫동안 신의님을 지켜보고 내린 결론이니까요."

"모를 말만 하시는군요."

"후후. 하오문에게는 하오문의 사정이 있는 것이니까요."

과연 하오문만의 사정일까, 하연화만의 사정일까.

'좀 더 알아볼 필요가 있겠군…….'

당장에 답을 내려줄 것 같지 않은 그녀의 표정이다.

운현으로서는 잠시 그녀가 이리 행동하는 이유를 알아보기를 포기할 수밖에 없었다.

"그런 겁니까? 여기서 제가 더 화를 내도 소용이 없겠지요?"

"……예. 죄송하지만 그럴 수밖에 없네요. 그래도 나중에는 다 아실 거예요. 나중에는……."

그녀에게 그가 희망이라는 말은 전달치 못하는 그녀였다.

짐이 될 수도, 실현되지 않을 수도 있을 희망이기에 아직 꺼내지 못하는 것이다.

왠지 모르게 보이는 그녀의 처연한 모습에 작게 남았던 운현의 화마저도 수그러들기 시작한다.

"……나중에는 꼭 말씀해 주셔야 하는 겁니다."

"후후. 그때가 가서는 짐이시라고 생각하실지도 모르는걸요?"

"설마요. 그래도 다시는 이런 일을 벌이시지 않으면 좋겠습니다만은……."

운현의 바람을 들어 줄 생각은 없는 것인가. 운현의 말이 더 이어지기 전에 그녀가 먼저 두툼한 서찰을 꺼내어 들었다.

"우선은 이거부터 받으세요."

"……여기에 쓰여 있겠군요?"

"예. 이번 일에 관여한 자들…… 그들의 핵심으로 보이는 자까지는 알아왔지요."

관여한 자들이라. 이통표국을 건드린 자들부터 일을 벌인 자까지는 알아 온 듯했다.

'중요한 게 빠졌군.'

하지만 역시 이번에도 핵심 단어는 빠졌다.

"어느 조직인지는 모르시는 거군요?"

"예. 예상이 가는 곳도 있기는 하지만…… 확실하지 않으니까요."

이것을 알아내는 것만으로도 그녀로서는 크게 고생을 했으리라.

훤히 상황이 그려졌다.

자신이 시켜 한 일은 아니었으나, 호의는 호의다.

게다가 그로서는 바라마지 않는 정보까지 얻어냈으니, 당장 갚을 수 있는 것은 갚아야 했다.

"휴우…… 제가 의뢰를 한 것으로 처리하지요. 의뢰비는 등산에 돌아가서 드리지요."

"……역시 신의님은 친절하시다니까요? 후후."

"자꾸 그렇게 속없이 웃기만 하실 겁니까?"

"좋은 걸요."

"에휴…… 못 당하겠군요."

근래에 들어서부터는 왠지 모르게 하연화에게 말려들어 가는 느낌이 드는 운현이었다.

그녀가 무엇을 바라는지도, 자신으로부터 무얼 보는지는 모르겠으나 그 뭔가가 있었다.

"그래도 덕분에 일이 빠르게 진행이 될 수도 있겠군요. 그런데……."

똑—

그동안 무슨 일이 있었는지에 대한 한담이라도 나누려는 찰나.

거처에 문을 두드리는 소리가 들려왔다. 익숙한 인기척이었다.

실상 인기척보다도, 어딘가 느껴지는 묘한 느낌이 먼저기는 했다.

"……대체 오늘은 무슨 날인 것인지 모르겠군요. 누구십니까?"

"오랜만입니다."

"아……."

몇 번 보지 못했음에도 잊기 힘든 자. 영철의 목소리다.

## 第十三章
## 사정(事情)의 벽

'난리도 아니군……'

등산현에 있을 하연화가 와서 정신을 쏙 뺀 그 다음에는 호위무사 영철이라니.

함녕현에서 보기 힘들 자들이, 이렇게 한꺼번에 찾아오는 것도 재주라면 재주일 게다.

"……연화 소저. 자세한 것은 다음에 이야기하지요."

"후후. 예. 다녀오세요."

하연화는 뭔가 예상한 것이라도 있는 듯, 놀라기보다는 흥미로운 표정을 지을 뿐이었다.

운현은 그녀가 건네어준 서찰을 품에 챙기고서는 밖에서

있을 영철을 찾아 문을 열었다.

"……기별이라도 넣고 오시지 그러셨습니까?"

"이번은 암행이나 다름없으니 어쩔 수 없었습니다."

영철. 언제나 그는 표정 하나 변하지 않은 채로, 자신의 할 말만을 하고 있었다.

"황녀님이 호북성에 오신 것은 이미 소문이 파다할 텐데요?"

"대신에 제갈가에 머무르는 것으로 알려져 있으시지요."

"그런 의미로 암행이라 하셨던 것이군요."

"예. 이해가 빠르시군요."

언제고 황녀가 이곳에 올 듯하였지만, 이런 식일 줄은 몰랐던 운현이다.

금방 성도에서 자신을 부를 것만 같았던 그녀가 무당에 이어 제갈가에 들러 한참을 보내고 있었기 때문.

꽤나 묘한 시기에 그녀가 왔다.

"어디로 가면 되는 겁니까?"

"따라만 오시면 됩니다."

역시 영철은 친절하지만은 않았다. 딱 황궁무사의 딱딱함이랄까.

'여전하구만…….'

그의 뒤를 따라 운현이 걸음을 옮겼다. 황녀를 향해서.

*　　*　　*

황궁이 어울리는 그녀에게는 작은 쉼터 정도나 될까?

황녀가 머물 것이라 보기에는 작은 장원이었다. 함녕현에 여럿 있는 장원 중 하나.

“흐음…… 이곳이 동창의 비처 정도 되는가 보지요?”

“말할 수 없습니다.”

“뭐…… 이해합니다.”

직접적으로 답을 하지 않아도 그것으로도 충분했다. 때로는 말하지 않아도 알 수 있는 것이 있으니까.

“여기로…….”

진이 설치되어 있는지, 영철은 직선으로 가는 법 없이 장원을 이리저리 둘러 갔다.

‘제갈소저가 보면 꽤 흥미로워 하겠군.’

운현이야 진에 대한 공부가 얕아 무슨 진인지도 파악이 안 된다. 단지 진이 있다는 것만 알 수 있을 뿐이다.

상대적으로 그 경지가 깊은 그녀가 봐야 알 만한 수준인 듯하였다.

현에 있는 작은 비처에도 깊은 수준의 진을 설치한다는 것에 감탄을 내뱉을 무렵,

"도착했습니다."

"들어가면 되는 겁니까?"

"예."

크지 않은 장원이지만, 목적지에 도착하기까지 한참이 걸린 황녀의 거처에 들어설 수 있었다.

"오랜만이구나."

장소가 중요한 게 아니라 사람이 중요하다 말해지는 이유가 여기 있었다.

그녀가 있음으로써, 작은 장원은 고풍스러운 황궁의 한켠이 되는 듯했다.

"……황녀 전하를 뵙사옵니다."

"그대는 여전하구나."

"달라질 것이 없는 것이겠지요."

적절한 예. 그리고 마주함. 전이라면 잔뜩 긴장을 하련만 적응을 한 것인지 훨씬 편했다.

"활약을 했다고?"

"이미 들으셨군요. 작게 움직였을 따름입니다."

"흐음……."

운현에 대해 그녀가 파악치 못할 이유가 없었으니, 이미 모든 상황을 아는 것도 이해는 갔다.

이왕지사 모든 상황을 알고 있는 황녀가 도와줬더라면 편했을 테지만, 거기까지는 바라기 힘든 운현이었다.

"고생하였다."

"……조용히만 지내고 싶었지만 그게 안 되는 듯하더군요."

"후후. 명의라는 꿈을 위해서인가?"

"예. 언제나와 같지요."

"이미 신의라고 불리는 그대에게 명의라…… 어울리지는 않는구나."

"……하핫."

하기사 명의 다음에 신의라 불리는 것이 보통 아닐까?

이미 신의라는 이름이 붙은 그가 명의라는 허명을 따르는 것도 우스운 일일지도 모른다.

하지만 스승의 유언이자, 자신의 꿈이 되어버린 명의이니 쫓을 수밖에.

가만 운현을 바라보던 그녀가 약간은 미안한 기색으로 본론을 꺼내어들었다.

"그대를 찾은 건…… 그대에게 묻고 싶은 것이 있어서네."

"무언가 있으실 거라 예상은 했습니다."

"그래…… 그럼 이야기가 편하겠군. 그대는 완전한 복수를 원하는 것인가?"

"완전한 복수라 하심은……."

그녀는 무엇을 말하고자 함일까. 또한 원하는 바가 무엇일까.

“그대를 노리는 곳이 있음을 그대도 알 터.”

“예. 분명 그러한 조직이 있는 것으로 압니다. 생각 이상으로 큰 조직이지요.”

“그러하네. 황궁으로서도…… 잡아내기 힘든 그런 곳이지. 부덕의 소치라고밖에는 말 못 할…….”

어느 정도 감을 잡은 것인가? 어느 조직인지?

‘황궁이라 다르긴 다르군…….’

그녀의 표정은 무언가 알고 있다는 것을 분명 말해 주고 있었다.

운현이 알아낸 것 이상으로 알아낸 것이 분명했다. 다만 말하지 않을 뿐이다.

“그들이 누구인지 그대는 먼저 묻지 않는군?”

“알려주실 수 있다면 먼저 말씀하셨을 터. 그렇지 아니하신다면 연유가 있으신 거겠지요.”

“후후. 역시 그대는 관에 발을 들이는 것이 어울렸을 게야.”

정치를 할 줄 안다는 칭찬이리라.

“그대의 말대로 자세한 것은 이야기할 수가 없네. 아직 다 파악치 못했으니 말을 못 할 수밖에.”

“……예상외로 클지도 모르겠군요.”

"그럴 수도…… 아닐 수도 있겠지. 중요한 것은 그게 아닐세."

이제 진짜다.

말을 돌려 하는 법이 없는 그녀가 여태껏 두서없이 여러 말을 했다는 것은 그만큼 어려운 말을 하려는 것이리라.

그렇지 않고서야 운현에게 조심스레 사정을 말하고, 상황을 피력할 리가 없었다.

"말씀하시지요."

"그대의 발걸음을 잠시 유보할 수 있겠는가?"

"……발걸음이라 하심은?"

"호북성의 남쪽을 차지하는 것으로 잠시 멈춰줄 수 있느냐는 것일세."

"흐음……."

운현의 세력 하에 있다 할 수 있는 현은 셋이다. 등산, 함녕, 적벽.

이대로 있는다면 남쪽에 있는 다른 두 개의 현도 그의 영향 하에 자연스레 놓일 것이다.

문파들은 물론이고, 상단과 표국들도 아주 자연스럽게 시간이 지나면 얻을 것이다.

운현이 이번 일로 얻은 성과라면 성과이며, 그들을 공격한 자들을 역공키 위해 마련한 세력이다.

황녀는 그것으로 만족하라 말하고 있었다.

"연유는 역시 말씀하시기 어렵겠지요?"

"그러하네…… 복잡한 사정이 있네. 그렇게밖에 말할 수 없음이지."

"흐음…… 황녀 전하와 제갈가 그리고 무당파. 실상 이 세 가지 실마리로도 많이 알 수는 있습니다만은……."

"무엄한!"

황녀의 말에 바로 답하지 않아서일까.

영철이 잠시 나섰지만 주아민의 손길에 그대로 멈출 수밖에 없었다.

"역시 더 알아보지 않는 것이 예겠지요."

"이해를 해주는 것인가?"

"하핫. 하지 않을 도리가 없지 않겠습니까? 다만…… 이번 일의 직접적인 관련자는 제가 처리할 수 있도록 허락해 주시지요."

"관련자라……."

황녀가 나서 조사하는 조직. 그런 조직에 관련된 자가 이번 일을 벌인 것이 분명했다.

그녀로서는 잠시 시간이 필요한 상황인 터.

운현이 관련자를 직접 처벌한다 하면, 그녀가 원하는 조사의 기간이 늘어날 수도 있는 일이다.

"……허하지 않을 수 없겠구나. 그대의 상단과 표국을 노린 자를 처벌하는 것을 허하겠다. 또한 남쪽에 있는 관아들에게 편의를 봐주도록 명하도록 하지. 이 정도면 되었느냐?"

"배려에 감사드릴 따름입니다."

상과 무림은 정리했어도, 관을 정리하지는 못했다. 그것을 그녀가 해 준다면 운현으로서도 손해만 보는 일은 아니었다.

"후후. 본녀의 명에 거래를 하려는 자는 자네밖에 없을 것이다."

"……송구하옵니다."

"되었다. 자네 같은 자도 있어야겠지. 자아, 공적인 일로서는 이것이 다이다."

"그런 것입니까."

공적인 일이라.

운현이 내딛고 있는 몇 보에 제동을 건 것치고는 너무도 시원스러워 보이는 표정의 그녀다.

"그래. 다만 준비한 게 있다. 잠시의 유보로도 그대에게 피해는 클 터. 그에 관한 보상은 내 미리 준비한 바가 있으니…… 이를 받도록 하게."

그녀가 말을 마치며 동시에 영철에게 눈짓을 한다.

영철은 황녀에게 약간의 반발을 한 운현이 마음에 들지 않는 듯 작게 인상을 찌푸리면서도 명을 받듦에는 모자람이 없었다.

"이게……."

상자다. 열어보라 말하는 황녀의 눈짓에 운현이 조심스레 안을 열어 본다.

돈인가? 아니다.

그 안에는 재물 같은 것이 아닌 다른 것들이 들어 있었다.

"내 입으로 이러한 것은 민망하나, 본디…… 갑작스러운 확장을 하면 내실도 다져야 할 테지. 그대가 잘 하고는 있지만, 이것으로 기분을 풀면 어떠하겠는가?"

"……황공하옵니다."

운현의 일에 제동을 건 그녀가 보상이라 말한 상자.

서적 몇 개. 여럿의 작은 함이 들어 있는 상자다. 자세히 살펴보지는 않았으나, 그녀가 허투루 말할 여인은 아닌 터.

'……대단한 가치가 있겠지.'

신분답지 않게 세심한 그녀이니 분명 안에는 꽤나 귀한 것들이 들어 있을 것이 뻔했다.

"후후. 만족하면 좋겠구나. 또한 그대가 유보하는 걸음이 오래 걸리지는 않을 것이다. 동창도 노력하여 찾고 있으니, 언제고 그대 마음껏 원하는 바를 펼칠 날이 올 것이야."

"……저야 호북성에 의방들 몇 세우면 될 따름입니다."

호북성에 있는 많은 이들을 구하자. 그쯤이면 꽤 큰 꿈이지 않은가.

그녀의 명으로 잠시 제동이 걸리기는 하지만, 그쯤이야 내실을 다지면 되었다.

그럼에도 그녀는 그러한 꿈도 작아 보이는 듯했다.

"후후. 중원 전역이 아니었는가?"

"거기까지는 솔직히 가능할지 모르겠습니다."

"그대라면 가능할 것이라 믿네. 가능하면 어머니의 치료도 되었으면 할 따름이고."

역시 어머니는 잊지 못하는 것인가.

'페니실린이 제 역할을 하면 또 모르겠지만…… 무리겠지. 그 이상의 병일 수 있고.'

아직까지도 황후의 병세는 또렷한 차도가 없는 듯했다.

잠시의 만남. 잠시의 멈춤.

하지만 그에 따른 보상이 주어졌으니 그리 나쁘지만은 않은 그런 만남이었다.

순식간에 몇 보를 나아간 그에게 숨을 고를 시간이 주어진 셈이다.

과연 황녀와 그의 생각대로 숨을 고를 시간이 될지, 그 이상으로 바빠질지는 두고 보아야 하는 일일 터. 우선은 그러했다.

*　　*　　*

조용히 들어왔다 나간 황녀지만, 그녀의 암행에도 변화는 분명 있었다.

그녀가 떠나가고 적어도 호북성 남쪽에 있는 다섯 현들은 모두 그에게 우호적이게 되었다.

관에서부터 그에게 편의를 봐주기 시작하니 상단이나 문파들로서는 알아서 기는 수밖에 없잖은가.

"바로 공사에 들어가도록 하겠습니다."

"부탁드리지요."

그 기세를 몰아 적벽을 포함하여 함녕에 동시에 두 개의 의방을 지어버리는 운현이었다.

이번 일을 벌이면서 소모한 돈이 많았지만, 원일 상단에서 많은 돈을 할애해 준 덕분에 가능한 공사기도 했다.

"덕분에 빨라졌군요. 여유가 생기면 바로 갚도록 하겠습니다."

"이렇게나마 갚아서 다행일 따름이지요."

우 단주는 고난 끝에 완전한 성장을 한 것인지, 어느새 한 지역의 단주가 아니라 어쩌면 그 이상의 역할을 할 수 있을 자가 되어 있었다.

상인으로서 큰 약점이랄 수 있는 우유부단함을 지우니 거상으로서의 자질이 보이고 있는 것이다.

"그나저나 신의님, 오행환의 판매는 그대로 진행을 하는 것입니까?"

"예. 많은 상단들이 기세가 줄기는 했지만, 확실히 매듭을 지을 필요가 있겠지요."

"그렇다면 그대로 진행을 하도록 하겠습니다."

약초, 곡물, 잡화까지.

가능한 함녕에서 나는 많은 것의 거래를 책임지고 있는 그이기에 당장 오행환이 없어도 원일 상단이 돌아갈 정도였다.

모두 운현의 공이며, 동시에 잘 보조를 하고 있는 우 단주의 공.

그렇기에 오행환의 판매를 물은 것이지만, 운현으로서는 그대로 유지를 할 참이었다.

'아버지의 표국에서는 승정환을 그대로 판매하고…… 여기서는 오행환. 다른 곳에서는 또 다른 것들을 두어야겠지.'

내실을 다지며 동시에 크게 그림을 그리고 있는 그에게는 오행환의 판매야 일부일 따름이었다.

"형의문 공사는 어찌되고 있습니까?"

"금방 해낼 듯합니다."

화재로 터만 남게 된 형의문.

원일 상단을 지키는 자를 제외하고 제대로 되지 못한 임시

거처에서 머물던 그들이다.

대련이 있은 이후로 운현의 명성도 올라갔지만, 자연스레 운현이 힘을 더해 주고 있는 형의문의 명성도 올라간 터.

당장 함녕에서는 그들이 건드릴 자가 없어, 공사는 순조로웠다.

"적어도 이곳 함녕은 마무리 수순에 들어간 듯하군요."

"다 신의님 덕이 아니겠습니까?"

"하하. 단주님이 얼굴에 금칠하는 법만 느신 듯합니다?"

"칭찬으로 듣지요. 하핫. 그나저나 이제는 어찌하실 생각이십니까?"

이제부터라.

그가 함녕에 직접 몸을 움직인 것은 어디까지나 그를 노리는 자들을 치기 위함.

본 목적을 잊지 않은 그들이다.

"……이곳에서의 일은 다 처리를 한 듯하니 이제 움직여야겠지요."

"과연…… 그렇겠군요."

이제는 슬슬 공격한 그들을 처벌하러 갈 때가 다가오고 있었다.

# 第十四章
# 멀리 움직이다

달빛이 밝은 밤.

밤중에 두 남녀가 거친 숨을 내뱉으면서 달리고 있었다.

그 뒤로 정체를 알 수 없는 자들이 추격을 하고 있었다. 그 수만 하더라도 수십.

당장 두 명의 남녀가 상대하기에는 무리인 수다.

"여기예요! 여기라면 안전할 거예요."

"휴우…… 일단은 한숨 돌리지요."

표국을 포함하여 자신을 노렸던 자를 추격을 하러 나섰던 그다.

하연화가 함께하게 된 것은 반 정도의 우김과 어느 정도 타당한 이유가 있었기 때문이었다.

추격을 나서던 그날 그녀가 찾아 왔었다.

"초행이시잖아요? 추격은 계속해서 정보를 얻지 않으면 힘들 일이니까요."

"……허락지 않아도 따라오시겠지요."

"후후. 예."

"남궁미 소저부터 시작해서 이상하게 말려드는 느낌인데…… 뭐, 어쩔 수 없겠지요."

반은 말도 안 되는 이유이지만, 그녀의 말이 타당하기도 하여 함께 하게 된 그였다.

'추격을 하는 것이니까. 위험할 때는 나서지 못하게 하면 되겠지.'

분명 출발을 하던 그 날까지만 하더라도 그가 추격을 하는 것이라 여겼다.

자신을 노렸던 자를 징치하기 위한 여정이라고만 여긴 것이다.

헌데 자신이 되려 추격을 받게 될 줄이야.

운현이 함녕을 벗어나자마자, 그것을 기다렸다는 듯 추격을 나서는 자가 있었다.

준비성으로 보아 그가 본거지나 다름없게 된 함녕을 떠나기를 쭉 기다려 왔던 듯하다.

살면서 처음으로 쫓겨보는 경험은 그가 생각하는 것 이상으로 힘들었다.

"여기다!"

겨우 몸을 숨겼건만, 가까이서 우렁찬 사내의 목소리가 들려온다.

"젠장……."

"들켰네요. 죄송해요."

"아뇨. 우선 움직이죠."

그녀는 잘해 주고 있었다. 처음 당하는 추격에 그녀가 없었더라면 당하는 쪽은 자신일지도 몰랐다.

'내가 노리는 것을 이미 알아챘다 이거지?'

운현은 자신을 노리는 자에 대해 이를 뿌득 갈며 그녀를 이끌고 몸을 날래게 날렸다.

며칠이나 추격을 피해 도망을 갔을까.

직선으로 가면 며칠이면 될 거리를 이미 일주는 넘게 헤매었다.

이리저리 돌아가니 둘러서도 어쩔 수 없는 일이다.

"후우…… 후우…… 이대로면 따라잡히는 것으로 끝이겠군요."

"어떻게 하죠? 연통을 넣어도 소식이……."

하오문에 당장 무언가를 바라기는 어려웠다. 특히 무력은 더더욱.

그들이 무력을 가졌더라면 그들의 정보와 함께 천하를 지배했겠지.

운현의 의방이나 형의문에 도움을 청했지만, 언제 도착할지는 또 모를 일이다.

당장은 둘이서 일을 해결해야 했다.

'이렇게 쫓기게 될 줄 알았으면…… 다른 사람도 몇 데리고 올 것을…….'

우선 있는 전력으로 해내야 했다.

수가 많아서 그렇지 한 명, 한 명만 놓고 보면 운현보다 못한 자들이다.

"이곳 산은 잘 아는 곳이라 했지요?"

"예에…… 전에 일이 있어, 미리 파악할 일이 있던 곳이니까요."

"여기서 한번 노려보지요."

당하고만 있을 수는 없었다. 추격하고자 나선 길에 추격만 당하다 끝날 수는 없지 않은가.

다시 함녕으로 돌아가 사람을 이끌고 오는 것도 방법이겠지만, 그러다가는 추격을 하려던 자를 놓칠 수도 있는 일이다.

'여기서 당장 끝을 보자.'

살계를 열 각오로 하연화와 함께 추격자를 맞이하기로 마음먹은 운현이었다.

적들도 철저했으나 황석(黃石)현 이전에 있는 산등성이는 하연화가 더욱 정통했다.

그녀는 산의 험지, 사람이 다닐 길, 동물들이나 겨우 다닐 길까지 모두를 파악하고 있었다.

그녀가 전에 이곳에서 무언가 일을 치르지 않았더라면 알 수 없을 그런 정보들이었다.

그녀의 정보 안에 운현은 자신의 방식을 함께 심었다.

"진법인가요?"

"기초 중에 기초적인 수준이죠."

제갈소화로부터 배운 진.

기껏해야 사냥꾼의 함정 수준도 못 되는 수준이지만 작은 촌각의 시간 동안 적의 시선을 빼앗는 정도는 되었다.

"기다리죠."

"……예."

수풀로 몸을 가리고서는 다가오는 적을 기다리자, 얼마 되지 않아 여러 갈래로 나뉜 추격자들 중에 하나가 몸을 보인다.

추격에 관한 훈련이라도 받은 것인지, 아주 촌각의 시간만에 몸을 숨긴 둘과 눈을 마주친다.

추격자가 크게, 소리치려 한다.

"……여기…… 크럭."

허나 찰나면 충분했다.

퍼석—

하는 아주 작은 소음과 함께 추격자의 목이 부드럽게 검에 꿰인다.

한 명, 한 명은 상대가 안 될 자들을 상대로 많은 시간은 필요치 않았다.

"……깔끔하시군요."

"어서 처리해야 하니까요."

살계를 여는 데 머뭇거림이 많은 그였지만, 한번 살계를 열게 되면 절정고수로서의 힘을 유감없이 선보이는 운현이었다.

"다음으로 움직이지요."

"……예에."

그와 그녀가 산등성이 이곳저곳을 움직이기 시작한다.

당하기 시작한 추격자들이 삼삼오오 짝을 짓기 시작하면, 그에 맞춰 오직 도망만을 치며 시간을 버는 두 남녀였다.

그들의 틈.

추격을 위해서 어쩔 수 없이 흩어지는 그 상황만을 진득하니 노려서 수를 줄여가던 운현이었다.

추격자를 향한 철저한 사냥이라 할 수 있는 경험. 그 경험이 나중에 그의 목숨을 살릴 것이라고는 그도 그때까지는 전혀 생각지 못하고 있었다.

"크……."

오직 자신을 방해하는, 암수들을 향해서 손을 내뻗을 따름이었다.

함녕에서 황석(黃石)현까지.

길게 잡아 열흘이면 되는 길이 추적으로 점철되어 있는 길이었다.

"후우…… 여기서도 노리지는 않겠지요. 보는 눈이 있으니까요."

"그래도 현을 나서면 다시금 노리는 자가 있을지도 몰라요 그들이 추격자 전부가 아닐 수도 있을 테니까요."

"그야…… 버텨 볼 수밖에요."

그들이 황석현으로 모습을 드러낼 즈음에는 둘 모두 초췌하다 못해 해진 옷을 입고 잔뜩 피로한 기색이었다.

당장 신의라 이름을 날리던 운현으로서도 그를 바로 알아볼 자가 없을 정도였다.

하기사, 보통의 사람이라면 저런 해진 옷을 입은 자를 신의라 생각지 못할 게다.

"우선은 객잔부터 잡도록 하지요. 하오문 지부에 가게 되면 누가 될지도 모르니까요. 전혀 접촉을 안 할 수는 없지만 직접 할 필요는 없겠지요."

"……감사해요."

사정이 있어 호북성 북으로 올라가는 부부라는 역할을 하기로 한 둘이다.

추격자가 없었더라면 이런 행위 자체를 할 리가 없지만, 지금으로서는 이게 최선이었다.

"휴우…… 오랜만의 휴식이로군요."

"……예. 후후. 매일 하던 일이 이렇게 귀하게 느껴질 줄은 몰랐네요."

객잔에 돈을 지불하고 목욕재계로 초췌한 몸을 정리한 운현과 그녀는 객잔 한 켠에 마주 앉아 앞으로를 그리고 있었다.

"그나저나 이제 어째야 하려나요."

"답답하군요."

지원을 기다리거나, 시간을 끌려는 듯 계속해서 보내지는 추격자를 어서 처리해야 했다.

그도 아니면 추격을 완전히 따돌리고서, 추격할 자를 먼저 잡아내야 했다.

누구든 간에 먼저 잡히게 되면 끝이 날 돌고 도는 술래잡기다.

함녕현이라도 되었다면 도움을 청할 세력이 많겠지만 함석현에는 그런 자가 없는 터다.

"곤란하게 되었군요."

마성(麻城)현까지 가야 하건만 갈 길이 멀어 보인다.

여유가 생기니 그의 머리 사이로, 하연화가 건네주었던 서찰에 적혔던 주모자가 스쳐 지나간다.

'정운용…… 그자를 잡아내면 분명 길이 생길 터인데.'

자신을 노린 자의 이름이다.

이통표국을 공격하도록 한 그자는 한 상단의 단주. 높은 신용을 쌓은 것으로 유명한 그가 이통표국을 공격한 것은 달리 이유가 없어 보였다.

잘해야 이통표국이 상단의 영역을 침범한 것에 분노했다

는 대외적 이유나 있을까?

분명 그는 치밀하니, 공격을 했고 초반에는 꽤나 효과적인 성과를 올렸다.

하지만 그런 그도 운현이 나서자 나오는 여러 실패에서 틈을 보였다.

'장훈이라 했던가…….'

도정의문과 비무를 벌이던 때에 나타났던 절정의 고수.

그리고 도정의문의 문주. 자주 모습을 드러냈던 중년의 사내 하나.

그들 사이에서 하연화가 접점을 찾아내었다.

도정의문의 문주가 어떤 연유로 암수를 들이민 것인지, 장훈이란 고수가 어떤 이유로 비무에 나선 것인지 몰라도 상관이 없었다.

중요한 것은 그들 가운데 접점을 찾아 정운용이 상단을 선동하여 이통표국을 노렸다는 사실이니까.

"당장 그가 마성현을 떠났다는 소식은 없습니까."

"그렇다면…… 이미 연통이 들어왔겠지요. 다행히 아직이에요."

"후우 일단은…… 이곳에서 몸을 추스르고 움직이도록 해보지요."

"예."

당장에 신묘한 수는 생각나지 않았다.

'정 안 되면 개방에라도 잠시 도움을 청할 수밖에.'

하연화에게 실례가 될 수 있겠지만, 일반적인 수 정도나 겨우 생각이 날 뿐이다.

다만 이번 일만은 자신의 손으로 해결하고픈 운현이었다.

이튿날.

그와 그녀가 함석현을 나섰다.

*　　　*　　　*

"후우……."

그에게로 온 서찰에 잔뜩 성을 내며, 조각조각 서찰을 찢는 정운용이다.

'그리 마음에 안 들었소이까?'

자신의 사형으로부터 온 서찰이다. 단 네 글자의 글귀.

결자해지(結者解之).

맺은 자가 풀어야 한다는 그 말에는 많은 의미가 내포돼 있을 수밖에 없었다.

특히 정운용에게는 더더욱!

명을 받들어 일을 벌인 자가 그이니, 그에게 풀라고 말하는 것이지 않은가.

추격전 따위는 벌이지 말고, 죽으라는 소리겠지.

달리 말해 봐야 더 흔적을 남기느니 차라리 죽으라는 소리다.

'빌어먹을 대의…….'

빌어먹을 비밀. 빌어먹을 상황. 그에게 있어 모든 상황은 그의 맘에 하나 차지 않은 빌어먹을 일이었다.

윗선에서 도와준다면, 조금만 무리를 해 준다면 지금의 일 따위는 쉬이 마무리할 수도 있었다.

자신이 속해 있음에도 다 파악치 못할 만큼 대단한 곳이 아니었던가?

그럼에도 그들은 언제나 대의와 비밀을 들어 이런 식으로 꼬리를 끊는다.

'이따위로 해서 언제 대의를 이룬단 말인가…….'

조직에 속한 이는 계속해서 죽어갈 따름인데, 마치 사그라지는 낙엽처럼 져버릴 뿐인데 언제 대의를 이룬단 말인가?

비밀에 앞서 모든 것들이 허무하리만치 무너지는 모습이다.

그래도 살아야 했다. 대의고 뭐고, 그는 살고 싶었다.

'이따위 서찰…….'

그렇기에 결자해지 하라는 대사형의 말도 무시하기로 마음먹은 그였다.

"그 년 놈은 어디까지 올라왔다고 하나?"

"단풍현을 지나…… 라전현에 다 도달하였다고 전해 왔습니다."

다 망해가는 상황에서도 정보망은 제대로 굴러가는 것인가.

"그년이 누군지는 파악했고?"

"……알 도리가 없습니다. 전이었다면 되었겠지만……."

"하…… 그런가."

"생각보다 잘 해내고 있습니다. 작게는 개방의 도움도 받는 것으로……."

"용하군. 생각 외로 능력이 있어. 말 그대로 신의다운 능력이지 않은가. 하핫."

그나마 잘 돌아가나 여겼던 정보망도 일부만 돌아가는 듯했다.

그래도 그들의 위치라도 파악이 되는 것이 어딘가.

'살고 싶다…….'

자신이 살고자 하는 것을 윗선이 알기 전에, 일이 실패해 무너져 내려가는 것을 함께했던 상단들이 알기 이전에 해결하면 될 일이지 않을까?

해결만 된다면 분명, 살 수 있을 것이다. 그것이 헛된 희망일지라도, 그는 진정 헛된 희망을 실행코자 하였다.

"준비는 해 뒀는가?"

"최선을 다했습니다만…… 몇 모으지는 못했습니다. 상황이 상황이다 보니……."

"그런가……."

남은 모든 돈. 남은 모든 인맥. 그동안 쌓아 온 약점. 그 모든 것들을 동원해 사람을 모았고 추격에 보내었다.

놈을 막기 위해서. 놈을 무너트려 살아남기 위해서였다.

'……발버둥 친 결과가 이것인가. 크흣.'

자신의 노력에도 결국 놈이 찾아왔다. 살기 위한 의지가 닿지 못했다.

그래도 살고 싶어 이제는 얼마 남지도 않은 것들을 동원한다. 그것들을 전부 동원했는데도 불구하고 그럼에도 몇이 안 된다 말한다.

한 배를 탄 총관이 이리 말할 정도라면 얼마나 처참하니 모인 것일까?

"몇인가?"

"……다섯입니다."

"다섯. 다섯이라……."

"그래도 다들 실력은 있습니다. 어중이떠중이들은 아니니까요."

"……흐."

그래 봐야 다섯이다.

잘해야 절정에서 일류겠지. 지금 상황에서 모은다고 해서 화경의 고수가 뚝 떨어질 리도 없지 않은가.

'무리군. 확실히 무리야…….'

장훈을 물리치던 당시 운현의 무위는 어느 정도 알려진 터.

다섯을 동원해 봐야 같이 가는 저승길 동무나 될 게 뻔하였다.

그래도 그는 썩은 동아줄이라도 잡아야 했다. 헛된 짓이 될지 몰라도 할 수 있는 마지막 수라도 써봐야 하지 않겠는가? 한바탕 싸움판이라도 벌여 보아야겠지.

"준비를 하게나……."

"……예. 명에 따르겠습니다."

총관이 엄숙하리만치 무거운 목소리로 그의 명을 따른다.

그도 총관도 직감을 하고 있을지도 몰랐다. 바로 앞의 일을.

* * *

"후우…… 어려운 여정이군요."

잠시 있었던 개방의 도움을 받아 라전현을 넘어선 운현과 하연화였다.

하오문에 속한 하연화로서는 개방의 도움을 받는 것이 껄끄러울 수도 있었으나, 다행히도 쉽게 이해를 해 주었다.

"그런데 묘하게…… 올라갈수록 추격대가 덜해지네요."

"그들도 힘이 빠졌겠지요. 그도 아니면 일전을 준비하거나요. 어느 쪽이든 좋은 쪽은 아니겠지요."

한쪽은 무너져야 할 터다.

황녀가 여기까지라고 말을 했지만, 할 수 있는 한은 깊게 파고들려 하는 운현이었다.

"그래도 이제 끝이 보이는군요. 약속은 잊지 않으셨겠지요?"

"휴우…… 예."

조금만 더 가면 정운용이라는 자를 만날 수 있다. 일전을 준비하고 있을 그곳에서까지 그녀를 보호할 수는 없는 터.

일류의 고수인 그녀지만, 그곳에서는 짐이 될 수도 있는 일이다.

해서 처음부터 약속을 해 뒀다. 마지막에 이르러서는 그녀도 몸을 보중키 위해 잠시 떠나 있기로.

"하오문 지부든, 개방도든 요청을 하면 도와줄 겁니다. 일이 일이니까요. 정 안 되면 관에라도 제 이름을 대면 역시 도와주겠지요."

"후후. 그 정도야 저도 할 수 있어요."

"……실례했군요. 그럼 먼저 움직이도록 하겠습니다."

긴 여정이었다.

생각 이상으로 오래 걸렸던, 진을 빼는 여정이 그를 반겼었다.

그리고 그 끝이 점차 눈앞에 보이고 있었다.

정운용의 상단을 향해 달려가는 그. 자신의 몸을 숨기기 위해 움직이는 하연화.

그와 그녀가 잠시 헤어졌다.

*　　　*　　　*

이곳에 오는 길까지는 안내가 필요했을지 몰라도, 이제는 바로 목적지 앞이다.

눈앞의 목적지를 두고도 길을 잃을 만큼 멍청하지는 않았다.

'저기군…….'

암수를 들이미는 자가 거처하는 곳이라고 보기에는 어울

리지 않은 곳이다.

물건을 쉼 없이 나르기 위해 밖으로 나와 있는 창고와 그 옆으로 안을 가리려는 듯 높이 처진 담장 사이로 보이는 여러 채의 건물이 그의 앞을 막는다.

"이상한데?"

건물, 그리고 건물 사이를 지켜야 할 자들이 없다.

지키려는 듯 환하게 불을 피우고는 있었지만, 그 사이에 있어야 할 자들이 없는 상황이다.

'대체 뭔가…….'

잔뜩 준비를 하고 온 운현으로서는 예상외의 광경이었다.

경비를 서는 무인들을 상대로 한바탕을 할지도 모를 상황을 잔뜩 그려왔는데 허무치 않을 리가.

'거추장스런 과정은 서로 지우잔 건가. 들어가 보면 알겠지.'

더 머뭇거려 봐야 얻을 것은 없었다.

타악—

경공을 펼친 그의 몸이 쏘아져 높디높은 담장을 건넌다.

그리고 그 안에는.

"왔군……."

몇 되지 않은 자들이 앞을 지키고 있었다.

# 第十五章
# 첫 결전

'저자인가.'

익숙했다. 용모파기를 미리 구해 봐둔 얼굴이니 모를 얼굴이 아니다.

정운용.

호북을 어지럽히고, 그를 노리기까지 하는 암중 조직의 일원일지도 모르는 자.

근래는 운현과 그의 아비를 괴롭혔던 자이며, 이제는 결전을 벌여야 할지도 모른 자가 앞에 있었다. 아주 당당히.

"조금 걸릴 줄 알았네만은?"

도정의문 문주 정호검의 눈에 초연함이 가득했다면, 정운용의 눈은 반짝거리며 빛나고 있었다.

'살길을 찾고자 하는 눈인가…… 마지막까지도…… 애쓰는군.'

정반대의 느낌이었기에, 용케도 눈빛으로 구분을 할 수 있는 운현이었다.

상대는 지금에 와서까지 살고자 하는 눈을 하고 있었다. 지금껏 겪었던 자들과는 다른 눈이다.

"맞이할 사람이 없더군요."

"신의잖은가. 어중간한 자들은 명성에 짓눌리겠지. 허허. 그래서 치웠네."

지키는 사람이 없었던 이유가 그것이었던가. 이해는 갔다.

자신이 신의라는 것을 앞세우면 검부터 들이밀 자가 많지는 않을 것이다. 적어도 호북성에서는.

그러니 자신의 어중간한 자로 채우기 이전에 자신의 수족 같은 자를 채운 듯했다.

"……그래서 남은 자가 열도 안 됩니까?"

"하하. 그래도 나를 포함하여 일곱이지 않은가."

그 수가 일곱.

이통표국을 곤란에 처하게 하고, 자신 또한 애를 먹게 하던 자의 옆을 지키는 수치고는 너무도 초라하지 않은가.

"실망했는가?"

"솔직히…… 아니라 말할 수 없군요."

"흠…… 다 사정이 있는 법이네. 이야기가 길어졌군. 이제 슬슬……."

"끝을 봐야겠지요."

선공을 양보할 필요는 없었다. 검을 뽑아든 운현이 곧바로 정운용을 향해 쏘아져 나간다.

최대한 희생자를 줄여 일의 주모자를 끝내려는 자세다. 운현다웠다.

하지만,

"어딜!"

그의 앞을 무사로 보이는 자 다섯이 막아선다.

그들의 눈에는 흉흉한 기세가 잔뜩 서려 있었다. 운현을 원수라도 되는 듯 바라보는 살기였다.

'……역시나 허투루 넘어가는 건 되지도 않는군.'

상단에 있을 무사들을 다 물리고, 남은 다섯의 무사다.

어떤 식으로 구했는지는 몰라도 결국 끝을 봐야만 물러날 기세였다.

'일초에는…….'

남은 것은 마주하는 것뿐.

다섯을 급히 살핀 운현이 그들 중 가장 약해 보이는 자를 노려 검을 휘두른다.

'선수필승.'

절정에 이른 그가 휘두르는 의형검법은 이미 그에게 녹아들어 그만의 검법이 되어 움직이고 있었다.

"흣."

상대 또한 만만한 상대는 아니었는가? 그가 미리 뽑아 두었던 도를 휘둘러 운현의 검에 막아선다.

역시 선천진기를 이용한 운현의 막강한 내공에는 그도 힘이 벅찬지 반치 정도 도가 물러난다.

그 짧은 사이 운현이 다시 검을 휘두르려는 찰나.

"하앗!"

운현의 뒤를 다 점했다 여긴 것인지, 뒤늦게서야 참은 숨을 내뱉으며 검을 휘두르는 자가 있었다.

'합격진!'

처음 당하는 것이지만, 확실했다. 저들은 합격진을 익힌 자였다.

물 흐르듯 흘러나오는 공격이 그것을 말하였다.

허나.

'어중간하다.'

급조라도 한 것인지, 합격진의 틈이 운현의 눈에 보였다.

다섯이 가진 기운들.

하나, 하나가 얽혀 있는 가운데 매끄럽지 못한 틈이 그의 눈에 보이고 있었다.

절정에 이르며 민감하게 된 기감에 걸려든 것이다!

'여기!'

왼쪽에 있는 자의 허리 중간. 그 빈곳에 운현의 검이 치고 들어간다.

가로로 그려지는 운현의 검이 중간에 위치한 자의 허리를 베어버릴 찰나.

"허엇."

살기 위해서인가. 합격진이고 나발이고 이전에, 생존본능부터 발동한 것인지 그가 급히 허리를 틀며 물러난다.

다섯이 반보가량씩 규칙적으로 두고 있던 거리가 깨어졌다.

오랜 기간 합격진을 익힌 자들이라면 보이지 않을 실수!

그것이면 충분했다.

'다음.'

진이 깨어져, 다시 복구가 되기 이전 운현은 왼쪽으로 반보 몸을 움직여 그를 둘러싸던 자들 중 창을 쥐어든 자와 거리를 좁혔다.

"죽어랏!"

매부리코가 특징인 그자는 다섯 중에서도 가장 살기가 강한 자였다.

창을 사용하는 낭인. 그것도 꽤 많은 실전을 겪은 낭인일 터다.

쉬잇—

매서운 창이 그의 머리를 스치고 지나간다.

아주 얕은 차이로 피한 운현. 이 또한 운현이 노린 바였다. 그 얕은 회피 덕에 그와 거리를 좀 더 수월하게 줄일 수 있게 되었다.

'그대로!'

어느샌가 운현의 검이 그가 쏘아지는 직선 방향 그대로 곧추 세워져 있었다.

찌르기다!

장훈이 사용한 쾌검보다는 못하지만, 지금 이 순간에는 적재적소의 찌르기!

"……큽."

창을 날린 그 자세 그대로인 매부리코 사내의 가슴을 운현의 검이 관통했다.

'심장은 아니군.'

조금 비껴갔다. 그래도 폐를 그대로 찢어발겼을 거다. 금방 폐에 피가 차겠지.

"쿨럭……."

그가 순간 튀어나오는 기침으로 그것을 증명했다.

허나 낭인으로 살아온 자의 삶은, 이러한 부상조차도 잠시 이겨낼 삶이었던 것일까.

"지……크……."

지금! 이라 말하고 싶었겠지.

그래도 뜻은 전해졌다.

어느샌가 거대한 창을 떨어트린 낭인 사내가 검을 잡은 운현의 손을 잡았다.

자신의 몸을 도구 삼아 운현의 검을 봉하려는 자세다.

그의 양옆, 그리고 뒤에서부터 보법을 펼쳐 내질러 오는 살기가 느껴진다.

'……독해.'

자신의 몸을 도구 삼아 검을 봉하다니. 운현으로서는 하지 못할 그런 짓을 벌이는 것이지 않은가.

그래도 목적에는 충실했다.

하지만 운현이라 해서 방법이 전혀 없는 것은 아니었다.

고오—

진득한 선천진기. 구십 년 내공. 깨달음이 더해진 검기가 순식간에 발현된다.

검기를 생성하는 잠시의 시간조차도, 내공을 쏟아부음으로써 순식간에 만든 검기다.

평소라면 절대 하지 않을 짓!

하지만 지금 이 순간만큼은 가장 필요한 짓이었다.

콰즈즉—

매끄럽게 그려진 검기가 폐를 관통한 그대로 공중으로 올려진다.

매부리코 사내가 함께 들어 올려지는 것이 아니다.

"크아악."

그대로 베었다.

검기를 이용하여 사내의 갈비뼈를 여럿 박살 내고, 어깨뼈까지 으스러뜨렸으며, 팔까지 베어낸 것이다.

절정의 상징이자 파괴의 상징이랄 수 있는 검기의 파괴력이 그대로 사내에게 적용됐다.

"크아아악."

폐에서부터 팔까지. 그대로 갈라져 버린 매부리코 사내의 몸으로 긴 핏줄기가 그려진다.

잔혹할 수 있는 장면임에도 이미 살계를 연 운현은 눈 하나 돌리지 않은 채로 다음을 생각하고 있었다.

'뒤. 아니 왼쪽.'

그를 노리는 자는 넷.

그들 중에서 기운이 가장 약한 자는 아까 허리춤의 검을 피하였던 자다!

위로 치켜 올라갔던 운현의 검이 검기를 그대로 유지한 채로 검을 피하였던 자를 상대로 그대로 휘둘러진다.

"으아앗!"

평소 관리를 하지 않았는가? 그가 든 검이 순식간에 반으로 갈라진다.

운현은 이에 아랑곳하지 않고, 반쯤 몸을 돌리면서 다시금 오른쪽에 있는 자를 노렸다.

처음 운현과 검을 마주하였던 자다. 도를 사용하는 자.

그자는.

"크아아악."

도를 마주하지도 못한 채로, 원을 그리면서 아래로 선을 그려갔던 운현의 검에 그대로 허벅지째 베어져 나아간다.

비명과 함께 다리를 잃은 그가 바닥을 향해 쓰러져간다.

운현이 노린 것인가? 아니면 우연인가.

공교롭게도 허벅지가 갈린 도객의 방향은 운현을 노리던 자들 중 하나의 방향이었다.

운현을 노리던 검객 하나에게는 장애물이 된 셈!

순식간에 다른 하나를 무력화시킨 운현은 그 사이에서도 침착함을 잃지 않은 채로 검로를 찾았다.

'반보. 아니…… 나간다.'

검기로 인해 핏줄기조차 묻지 않은 검을 정면으로 추켜세우며 그가 앞을 내딛는다.

반 바퀴를 돌다시피 한 그 앞에는 그의 뒤를 노리던 자가 정면이 되어 마주하고 있었으니!

"흐엇."

본디 뒤에 있던 자는 자신을 이토록 빠르게 노릴 것이라고는 예상치 못했던 듯 신음을 내뱉었다.

가장 안전할 곳이라 여겼던 운현의 뒤가, 가장 위험한 곳이 되었으니!

사정을 봐주지 않는 운현의 검이 그대로 찔러 들어간다.

"크으……."

검을 옆으로 세워 운현의 검을 막으려 하지만, 어디 그게 되겠는가?

검강이 아니더라도, 검기만으로도 얇은 검을 꿰뚫는 것은 분명 가능했다!

"큽……."

깔끔한 한 수.

같은 실수는 하지 않으려는 듯 운현의 검이 폐가 아닌 심장을 관통했다.

무력화 셋. 남은 자는 둘.

"으으……."

허리를 당할 뻔했던 그는, 짧은 시간 몇 번이고 당했던 것에 놀란 듯 신음을 내뱉었다.

처음 살기 어린 눈으로 운현을 바라보던 그때와는 전혀 다른 모습!

허나 이미 상황이 이러한데, 도망이나 갈 수 있겠는가.

'함께…….'

어떤 사정인 지 알 바 없이, 정운용에게 끌려오다시피 한 그는 죽음을 각오했다.

살기에서 겁으로. 다시 겁에서 동귀어진의 자세로. 달려든다.

남은 둘 모두 같은 심정이었을까? 동시에 양옆을 노리고 온 검들이 매섭기 그지없었다.

'한 번에 둘.'

그때 운현이 지금껏 보이지 않았던 그만의 절기가 빛을 발했다.

쉬잇—

오른손으로는 검기를 잔뜩 두른 검을 휘둘러 하나를.

그리고 왼손으로는.

'수기…….'

깨달음을 얻기 이전 수없이 연습하기만 했던 수기가 순식간에 손에서 빛을 발한다.

검과 손.

순식간, 그럼에도 동시에 발휘하는 수기였기에 매끄럽지 못한 수기였다. 완전하지만은 않은 수기다.

"큿……."

하지만 그것으로도 상대 검의 궤도를 방해하는 것은 충분했다.

왼쪽을 노렸던 자의 검이 그의 수기를 맞아 그대로 비껴나간다.

오른쪽에 있던 자가, 검기가 둘러싸인 운현의 검에 목이 달아난다.

검기의 매서움을 알려주고자 하는 듯, 목을 잘라냄에도 운현의 검이 그리는 선에는 육체의 저항감이 없었다.

그 속도 그대로 반원을 그린 운현이 검이 비켜나간 채로 다시 자세를 잡으려는 마지막 남은 자를 향해 쏘아진다.

아쉽게도 수기와 검기를 동시에 사용해서인지 검기의 매끄러움이 조금은 사라졌다.

약간은 불안정한 검기.

그 검기가 자신에게로 다가온 검기에 눈을 번쩍 뜬 사내의 허리를 향해 다가든다.

콰즈즉—

마지막이기에 가장 비참한 모습이 된 것일까?

"끄아악!"

마지막 사내의 허리가 반이 날아갔다.

그의 복부를 불완전한 검기가 전부 태워버린 듯 복부 반이 사라져 있었다.

황궁의 황의들, 아니 화타가 살아온다 하더라도 살리지 못할 큰 부상이었다.

가장 고통스럽겠지.

'……끝내자.'

그런 그를 향해 운현이 어느샌가 검기를 지운 검을 다시금 휘둘러 준다. 목을 향해서.

죽는 길이나마 편히 가게 해 준 배려다.

"으으……."

남은 자라고는 허벅지가 그대로 토막 난 사내 하나뿐.

'끝인가…….'

살계를 열었으나, 그런 자를 죽여버릴 만큼 독하지도 못한 운현이었기에 다시금 검을 휘두르지는 않았다.

다만 사내의 피를 머금어 버린 검을 들고서는 여전히 자신을 향해 눈빛을 빛내고 있는 정운용을 바라볼 뿐.

한 걸음. 다시 두 걸음.

운현도 그를 피하지 않은 채로, 직시를 하며 그대로 걸음을 옮긴다.

무인이 아닌 듯 보이는 자가 하나 있지만, 그자야 무사 같지는 않았다.

검을 가지고는 있지만, 기운이 약했다. 삼류나 될까. 그렇기에 무시하고 넘어가려 하는데.

"으아아아앗! 죽엇!"

검을 빼어 들고서는 어중간한 보법으로 운현에게 달려든다.

'우습지도 않은…….'

삼류나 될까? 어쭙잖은 실력의 검 정도야 검기가 없어도 충분했다.

한번의 부딪침—

다시 두 번의 부딪침으로 손등을 쳐 삼류의 검을 저 멀리로 날려 버린다.

다시 셋에 그를 베어 제압하려는 찰나.

"그만……."

정운용의 목소리가 들려온다. 그 목소리에 운현이 검을 멈춘다.

삼류로 보이는 사내는 뭐가 그리 두려운 것인지 그대로 주저앉을 뿐이었다.

그러고는 정운용을 바라보는데,

"……이런."

살고자 하는 눈빛을 가지고 있던 정운용의 입새로 흐르지 말아야 할 것이 흐르고 있었다.

"독인가?"

"크흐흣…… 이게 사는 길이니까. 흐흐."

독을 깨문 것이다. 어디서 독단이라도 구했겠지. 사람이 죽을 방법은 많으니까.

독 따위는 흔한 방법이다.

하지만 그것이 사는 방법이라니? 죽는 것이 사는 방법인 수도 있는가?

차라리 도망을 치는 것이 낫지 않았던가? 아니면 그가 할 수 있는 모든 수를 쓴 것인가?

알 수 없다.

"흐…… 쿨럭. 역시 기, 길군……."

"상혈단을 썼군요."

"큭. 시, 신의는…… 신의로군……."

고통스러운 약이다. 죽는 그 순간까지 큰 고통을 느끼게 하는 독약.

굳이 그런 약을 쓸 필요가 없었을 것임에도 그는 고통스러운 약을 썼다.

"왜 그런 일을 벌였습니까? 당신도 죽고 싶은 겁니까?"

"크흐흐……."

운현의 물음에 그가 쓴웃음을 짓는다.

고통에 겨워 있지만, 당장에 죽어가지만 죽고 싶지는 않았다는 눈빛이다.

"산적도, 공물을 노렸던 일도, 이번 일도…… 다 같은 것이겠지요?"

"크흣…… 흐흐. 모, 모르면 바보겠지."

"……."

죽기 직전 자신이 아는 것을 알리고라도 싶은 건가? 쉬운 인정이었다. 생각보다 너무 쉬운 인정.

"내, 내가…… 끝은…… 아니니…… 흐흣. 다음에는……."

그가 말을 내뱉지 못하고 기침을 해댄다.

내장 조각이 그대로 튀어나오는 기침이었다. 상혈단에 장 자체가 찢어지고 있다는 증거이리라.

"……죽었군."

기침 뒤에 얼마 되지 않아 그가 죽었다. 옅게나마 느껴지던 기감이 완전히 사라졌다.

이통표국과 그를 상대로 큰 소동을 일으킨 자치고는 너무도 조용한 죽음이다.

"……킥……."

남은 자라고는 운현과 그리고 그에게 검을 뺀었던 삼류 하나. 그의 행색으로 보아 무인이 아닌 문사 노릇이나 했던 자일 게다.

"……일단은 이 소동도 끝인 건가……."

크게 일을 벌인 것치고 너무도 허망한 결말이었다.

* * *

허나 그로서도 예상치 못한 일이 있었으니, 모든 일이란 꼬리에 꼬리를 물고 이어진다는 사실이었다.

"도움이 필요하겠어……."

등산현에 머무르고 있는 남궁미가 그를 찾고 있었다. 벌써 수년 전에 있던 사건의 정리를 위해서.

"이번에도 덕을 본 것인가……."

자신의 손으로 일을 해결치 못한 이후원의 씁쓸함과 함께 이통표국의 일이.

"벌써 격차가 나기 시작하기는 했군요."

“신의님이 해결을 해 주신다고 했으니…… 방법에 따라 슬슬 준비를 해야겠지요.”

의방에 있는 아이들이 자라 새로운 일거리를 안겨주고 있었다.

그가 등산을 떠나 있는 동안 생긴 많은 일들, 그가 해 두었던 많은 준비로 인해 파생된 결과들.

일차원적이지만은 않은 일들이 꼬리에 꼬리를 물며 그를 기다리고 있었다.

그리고.

“……결국 그리 되었는가?”

“그러기에 그 일에는 이 내가 나선다고 하지 않았소이까? 언제까지 기다리기만 할 겁니까? 더 희생이 있어서야…….”

그들이 먼저 만든 앙금의 골이 더더욱 깊어져 가고 있었다.

〈다음 권에 계속〉

DREAMBOOKS